'우리가 정말 알아야 할 우리 고전' 기획 위원

고운기 | 한양대학교 국문학과와 연세대학교 대학원을 졸업했다.
　　　　현재 한양대학교 문화콘텐츠학과 교수이다.
김성재 | 숙명여자대학교 국문학과를 졸업하고 같은 대학원을 수료했다.
　　　　고전을 현대어로 옮기는 일에 관심을 갖고 꾸준히 작업하고 있다.
김　영 | 연세대학교 국어국문학과와 같은 대학원을 졸업했다.
　　　　현재 인하대학교 국어교육과 교수이다.
김현양 | 연세대학교 국어국문학과와 같은 대학원을 졸업했다.
　　　　현재 명지대학교 방목기초교육대학 교수이다.

우리가 정말 알아야 할 우리 고전
장화홍련전

초판 1쇄 발행 | 2005년 8월 15일
초판 2쇄 발행 | 2012년 8월 20일

글 | 조현설
그림 | 손지훈
펴낸이 | 조미현

출력 | 문형사
인쇄 | 영프린팅
제책 | 쌍용제책사

펴낸곳 | (주)현암사
등록 | 1951년 12월 24일 · 제10-126호
주소 | 121-839 서울 마포구 서교동 481-12
전화번호 | 365-5051 · 팩스 / 313-2729
전자우편 | editor@hyeonamsa.com
홈페이지 | www.hyeonamsa.com

ISBN 978-89-323-1320-7 03810

우리가 정말 알아야 할 우리 고전

장화홍련젼

우리가 정말 알아야 할 우리 고전

글 = 조현설 그림 = 손지훈

장화홍련전

현암사

우리 고전 읽기의 즐거움

문학 작품은 사회와 삶과 가치관을 총체적으로 담고 있는 문화의 창고이다. 때로는 이야기로, 때로는 노래로, 혹은 다른 형식으로 갖가지 삶의 모습과 다양한 가치를 전해 주며, 읽는 이에게 기쁨과 위안을 주는 것이 문학의 힘이다.

고전 문학 작품은 우선 시기적으로 오래된 작품을 말한다. 그러므로 낡은 이야기일 수 있다. 그러나 그 속에 담긴 가치와 의미는 결코 낡은 것이 아니다. 시대가 바뀌고 독자가 달라져도 고전이라는 이름으로 여전히 많은 사람에게 읽히는 작품 속에는 인간 삶의 본질을 꿰뚫는 근본적인 가치가 담겨 있다. 그것은 시대에 따라 퇴색되거나 민족이 다르다고 하여 외면될 수 있는 일시적이고 지역적인 것이 아니다. 시대와 민족의 벽을 넘어 사람이면 누구나 공감할 수 있는 보편적이고 세계적인 것이다. 그렇기 때문에 우리가 톨스토이나 셰익스피어 작품에서 감동을 느끼고, 심청전을 각색한 오페라가 미국 무대에서 갈채를 받을 수도 있다.

우리 고전은 당연히 우리 민족이 살아온 삶의 궤적을 담고 있다. 그 속에 우리의 지난 역사가 있고 생활이 있고 문화와 가치관이 있다. 타인에게 관대하고 자신에게 엄격한 공동체 의식, 선비 문화 속에 녹아 있던 자연 친화 의식, 강자에게 비굴하지 않고 고난에 굴복하지 않는 당당하고 끈질긴 생명력, 고달픈 삶을 해학으로 풀어내며 서러운 약자에게는 아름다운 결말을 만들어 주는 넉넉함······.

사람과 사람, 사람과 자연의 '어울림'을 중요하게 생각했던 우리의 가치관은 생활 속에 그대로 녹아서 문학 작품에 표현되었다. 우리 고전 문학 작품에는 역사가 기록하지 않은 서민의 일상이 사실적으로 전개되며 우리의 토속 문화와 생활, 언어, 습속이 구체적으로 드러난다. 작품 속 인물들이 사는 방식, 그들이 구사하는 말, 그들의 생활 도구와 의식주 모든 것이 우리의 피 속에 지금도 녹아 흐르고 있음이 분명하지만 우리 의식에서는 이미 잊힌 것들이다.

그것은 분명 우리 것이되 우리에게 낯설다. 고전을 읽음으로써 우리는 일상에서 벗어나 그 낯선 세계를 체험하는 기쁨을 얻게 된다. 몰랐던 것을 새롭게 아는 것이 아니라 잊었던 것을 되찾는 신선함이다. 처음 가는 장소에서 언젠가 본 듯한 느낌을 받을 때의 그 어리둥절한 생소함, 바로 그 신선한 충동을 우리 고전 작품은 우리에게 안겨 준다. 거기에는 일상을 벗어났으되 나의 뿌리를 이탈하지 않았다는 안도감까지 함께 있다. 그것은 남의 나라 고전이 아닌 우리 고전에서만 받을 수 있는 선물이다.

　우리 고전을 읽어야 한다는 데는 이미 많은 사람이 공감한다. 고전 읽기를 통해서 내가 한국인임을 자각하고, 한국인이 어떻게 살아 왔으며, 어떻게 살아가야 할지 알게 하는 문화의 힘을 느낄 수 있다.

　하지만 고전은 지난 시대의 언어로 쓰인 까닭에 지금 우리가, 우리의 청소년이 읽으려면 지금의 언어로 고쳐 쓰는 작업이 반드시 선행되어야 한다. 우리가 쉽게 접하는 세계의 고전 작품도 그 나라 사람들이 시대마다 새롭게 고쳐 쓰는 작업을 거듭한 결과물이다. 우리는 그런 작업에서 많이 늦은 것이 사실이다. 이제라도 우리 고전을 새롭게 고쳐 쓰는 작업을 할 수 있는 것은 우리의 문화 역량이 여기에 이르렀다는 반증이다.

　현재 우리가 겪는 수많은 갈등과 문제를 극복할 해결의 실마리를 고전 속에서 찾을 수 있다고 확신하면서 우리 고전을 지금의 언어로 고쳐 쓰는 작업을 시작한다. 이 작업은 여기에서 멈추지 않고 앞으로도 시대에 맞추어 꾸준히 계속될 것이다. 또 고전을 읽는 데서 끝나지 않을 것이다. 우리 고전은 우리의 독자적 상상력의 원천으로서, 요즘 시대의 화두가 된 '문화 콘텐츠'의 발판이 되어 새로운 형식, 새로운 작품으로 끝없이 재생산되리라고 믿는다.

'우리가 정말 알아야 할 우리 고전'을 기획하면서 우리는 다음과 같은 몇 가지 원칙을 세웠다.

먼저 작품 선정에서 한글·한문 작품을 가리지 않고, 초·중·고 교과서에 수록된 작품을 우선하되 새롭게 발굴한 것, 지금의 우리에게도 의미 있고 재미있는 작품을 포함시키기로 하였다.

그와 함께 각 작품의 전공 학자들이 적극적으로 참여하여 판본 선정과 내용 고증에 최대한 정성을 쏟았다. 아울러 원전의 내용과 언어 감각을 훼손하지 않으면서도 글맛을 살리기 위해 윤문 과정을 여러 차례 거쳤다.

마지막으로 시각 효과를 높이기 위해 내용에 맞는 그림을 곁들였다. 그림만으로도 전체 작품의 흐름을 알 수 있도록 화가와 필자가 협의하여 그림 내용을 구성했으며, 색다른 그림 구성을 위해 순수 화가와 사진가를 영입하였다.

경험은 지혜로운 스승이다. 지난 시간 속에는 수많은 경험이 농축

된 거대한 지혜의 바다가 출렁이고 있다. 고전은 그 바다에 떠 있는 배라고 할 수 있다.

자, 이제 고전이라는 배를 타고 시간 여행을 떠나 보자. 우리의 여행은 과거에서 출발하여 앞으로 미래로 쉼 없이 흘러갈 것이며, 더 넓은 세계에서 더 많은 사람을 만나며 끝없이 또 다른 영역을 개척해 갈 것이다.

2004년 1월
기획 위원

글 읽는 순서

장화와 홍련, 어머니를 여의다

정종 대왕 즉위 5년이었다. 전란의 소식이 없어 나라가 태평하였고 해마다 풍년이 들어 백성의 삶도 편안하였다.

이때 평안도 철산 땅에 배무용이라는 사람이 있었다. 그는 본디 훌륭한 가문 출신인데다 그 고을의 좌수*를 지냈기 때문에 사람들이 모두 배 좌수라고 불렀다. 재산은 넉넉하여 별로 아쉬운 것이 없었지만 슬하에 자식이 없는 것이 좌수 부부의 근심거리였다.

하루는 부인 장씨가 피곤하여 잠깐 졸고 있었는데 문득 어떤 선관*이 하늘에서 내려와 꽃 한 송이를 건네주었다. 그런데 부인이 꽃을 받으려고 하자 갑자기 거센 바람이 일어나면서 꽃이 아름다운 선녀로 변해 부인의 품속으로 들어왔다.

깜짝 놀라 깨고 보니 남가일몽*이었다. 장씨 부인은 바로 좌수에게 들어가 꿈 이야기를 풀어놓았

* 좌수(座首) | 조선시대 지방 양반으로 구성되어 군현의 수령을 보좌하던 기관인 유향소의 우두머리.
* 선관(仙官) | 신선 세계의 관리.
* 남가일몽(南柯一夢) | 당나라 이공좌(李公佐, 770~850년)가 지은 전기(傳奇) 소설에서 유래한 고사성어로 '한갓 덧없는 꿈'을 뜻한다.

다. 이야기를 들은 좌수는 웃으며 말했다.

"우리가 자식이 없는 것을 하늘이 가련히 여기시는 모양이오. 태몽이 아니겠소."

배 좌수 부부는 꿈 이야기를 나누며 몹시 기뻐했다.

정말 그 달부터 부인에게 태기가 있었다. 어느덧 열 달이 흘러 부인의 방 안에 향기가 진동하면서 한 아이가 태어났다. 그러나 남자가 아니라 여자 아이였다. 좌수 부부는 섭섭한 마음이 이만저만이 아니었지만 아이의 모습이 너무도 아름다워 이름을 장화라 붙이고 애지중지 보물처럼 길렀다.

장화의 나이가 세 살이 되었을 때 장씨 부인에게 또 태기가 있었다. 부부는 몹시 기뻐하며 이번에는 제발 남자 아이가 나오기를 바라고 기도했다. 하지만 낳고 보니 또 여자 아이였다. 서운한 마음을 이길 수 없었지만 어쩔 도리가 없어 이름을 홍련이라 짓고 장화만큼이나 사랑스레 여겼다.

세월이 물처럼 흘러 장화 홍련 자매가 점점 자라나니 얼굴이 곱고 몸가짐이 단정하여 칭찬하지 않는 사람이 없었다. 또한 부모를 극진히 공경하니 좌수 부부의 자매 사랑은 비길 만한 데가 없었다.

그러나 운이 나쁜 탓일까 장씨 부인이 우연히 병이 들어 나날이 증세가 심해졌다. 좌수와 장화 자매가 밤낮으로 돌보았으나 어떤 약도 듣지 않았다. 장화 자매는 밤낮으로 어머니가 일어나시기를 빌었지만 장씨 부인은 스스로 일어나지 못할 것을 알고 있었다. 장씨 부인은 배 좌수를 불러 놓고, 딸들의 손을 잡고 힘겹게 입을 열었다.

"내가 전생에 죄가 많아 이 세상에서 일찍 죽는 것은 원통하지 않지만 너희 둘이 커서 결혼하는 것도 보지 못하고 떠나야 하는 것이 한스럽구나. 죽어도 어찌 눈을 감을 수 있겠느냐. 내가 정말 걱정스러운 것은 내가 죽으면 반드시 다른 사람이 이 집에 들어올 것인데 그 사람이 마음씨 고운 사람이면 다행이겠지만 그렇지 않으면 어찌 되겠느냐? 남자의 마음은 변하기 쉽고 남의 자식 미워하지 않는 사람이 드문데 너희 앞날이 가엽고 걱정스럽구나."

장씨 부인은 눈물을 지으며 좌수를 돌아보았다.

"떠나는 이 사람의 유언을 저버리지 마시고 두 아이를 어여삐 여겨주옵소서. 잘 길러 좋은 집안에 시집가서 잘 살게 해주시면 죽어 저승에서라도 제가 그 은혜를 갚겠나이다."

장씨 부인은 말을 마친 후 긴 한숨을 내쉬며 숨을 거두었다. 임종을 본 장화 자매는 어머니의 품에 엎어져 대성통곡을 했다. 자매의 모습에 돌덩이 쇳덩이 같은 사람인들 슬퍼하지 않을 수 있겠는가. 장례를 치른 후에도 자매는 슬픔 속에서 나날을 보냈다. 물 흐르듯 세월이 흘러 어느덧 삼년상을 마쳤지만 슬픔은 어쩔 수 없이 더욱 깊어갔다.

계모 허씨가 들어와 장화 홍련을 구박하다

장씨 부인을 잃은 후 배 좌수는 다시 아내를 구하려고 했다. 죽은 부인의 유언을 생각했지만 후사*를 위해서는 어쩔 수 없는 일이었다. 배 좌수는 여기저기 결혼할 곳을 찾았다. 하지만 마음에 드는 사람이 없었다. 그러다가 마침내 어떤 여자를 얻었는데 나이는 스물이 넘었고 성은 허씨였다.

그런데 허씨의 용모는 보통이 아니었다.

얼굴이 한 자가 넘는데다 두 눈은 퉁방울* 같고 코는 질병* 같고 입은 메기 같고 머리털은 돼지털 같고 키는 장승처럼 크고 목소리는 이리나 승냥이 소리 같았다. 허리는 두어 아름은 족히 되는 데다 곰배팔이*에 수종다리*에 쌍언청이에 입은 칼로 썰면 열 사발은 될 만큼 길었다. 생김새가 망측해서 쳐다보기도 어려운데 마음씨는 더욱 망측했다. 이웃집 험 담하기, 한 집안사람들 이간질하기, 불붙은 데 키질하기 등 남 못할 짓 을 찾아다니면서 하니 잠시라도 집안에 두기 힘들었다. 하지만 들어온 그 달부터 태기가 있어 연달아 아들 삼 형제를 낳자 좌수는 수백 가지 흉을 모른 체하고 내버려 두었다.

배 좌수는 두 딸을 보면 늘 죽은 장씨 부인이 떠올라 잠시라도 딸들 을 보지 못하면 견디질 못했다. 그래서 집에 들어오면 늘 먼저 딸들의 방에 들어가 얼굴을 어루만지며 눈물을 뿌리곤 했다.

"너희가 깊은 방 안에 들어앉아 어미 그리는 일을 생각하면 내 간장 이 녹는 듯하구나."

배 좌수는 장화 자매를 불쌍히 여겨 더욱 사랑했다.

늘 그런 모습을 지켜보던 허씨 마음에 시기심이 생기지 않을 리 없었 다. 허씨는 늘 속으로 어떻게 하면 장화와 홍련을 없앨까 궁리를 했다.

어느 날 좌수가 허씨 부인의 시기하는 마음을 눈치 채고 허씨를 불 러 한편으로는 책망을 하고 한편으로는 당부를 했다.

"우리가 본디 빈곤하게 지내다가 전처가 친정에서 재물을 많이 가 져와 지금처럼 넉넉하게 되었소. 지금 부인께서 편히 먹는 것도 다 그 덕이오. 그 은혜를 생각하면 크게 감동해도 모자랄 터인데 장화 자매

* 후사(後嗣) | 대를 잇는 아들.
* 퉁방울 | 품질이 낮은 놋쇠로 만든 방울.
* 질병 | 흙으로 만든 병.
* 곰배팔이 | 팔이 꼬부라져 붙어 펴지 못하거나 팔뚝이 없는 사람.
* 수종다리 | 병으로 퉁퉁 부은 다리.

를 그렇게 박대하니 어찌 그것이 사람의 도리겠소? 앞으로는 그러지 말고 자네가 낳은 자식처럼 대해 주시오."

하지만 승냥이 같은 마음을 지닌 허씨 부인이 회개할 까닭이 없었다. 배 좌수의 말을 들은 후로는 더욱 장화 자매를 구박했다. 그리고 속으로는 죽일 마음을 품고 밤낮 계교를 생각했다.

하루는 배 좌수가 밖에서 들어와 딸들을 살펴보니 두 딸이 서로 손을 잡고 눈물을 짓고 있었다. 좌수는 딸들이 또 저희 모친을 생각하여 슬퍼하는 것으로 짐작하고 가엽게 여겨 위로했다.

"너희가 이렇게 컸으니 너희 어미가 살아 있었더라면 얼마나 기뻐했겠느냐? 너희 명이 기구하여 어미를 여의고 사나운 사람을 만나 이렇듯 박대를 당하고 사니 내 마음도 견디기 힘들구나. 그래도 마음을 편히 먹고 지내도록 해라. 만일 앞으로 또 학대하는 일이 있으면 내가 분명 너희 마음이 편해지도록 일을 처리할 것이니 너무 걱정하지 마라."

이때 흉녀* 허씨 부인이 창틈으로 엿듣고 있었다. 배 좌수의 말을 들은 허씨는 화가 머리끝까지 치밀어 흉계를 또 궁리하다가 마침 꾀를 하나 얻었다. 참으로 흉악하고 괴이한 흉계였다.

* 흉녀(凶女) | 흉악한 여자.

허씨의 흉계에 걸려든 장화 홍련

흉녀 허씨는 아들 장쇠를 불러 큰 쥐 한 마리를 잡아 오라고 일렀다. 허씨는 장쇠가 잡아 온 쥐의 가죽을 남몰래 벗기고 피를 발라 낙태한 태아처럼 만들었다. 허씨는 그걸 들고 몰래 장화가 자는 방 안으로 들어가 이불 밑에 밀어 넣고는 배 좌수가 돌아오기를 기다렸다.

　이윽고 배 좌수가 돌아오자 허씨는 좌수를 이상한 눈으로 쳐다보면서 끌끌 혀를 찼다. 그 모습을 본 좌수가 그 까닭을 묻자 흉녀 허씨는 정색을 하며 기다렸다는 듯이 입을 열었다.

　"집안에 괴이한 일이 많으나 일일이 말씀드리면 음해*한다고 꾸중을 들을 것이 분명해서 감히 입 밖에 내지 못하고 있습니다. 자식은 나가면 생각하고 들어오면 반가워하는 아버지의 정을 생각하지 못하고 좋지 못한 행동을 많이 보이지만 제가 친어미가 아니라 짐작만 하고 그저 기다릴 뿐이었습니다. 그런데 오늘은 장화가 늦도록 일어나지 않아 이상하여 혹시 몸이 불편한가 하여 들어가 보니 뭔가 행동이 수상했습니다. 무슨 일이냐고 꾸짖고 살펴보니 이불과 요에 피가 묻어 있고 주먹 같은 고깃덩이가 이불 속에 숨겨져 있었습니다. 너무 놀라고

---

* 음해(陰害) | 몰래 뒤에서 남을 해침.

분하여 어찌할 바를 몰랐지만 저것이 제 친딸이 아니라 어쩌지도 못하고 우리 둘만 알고 있습니다. 하나 우리 배씨가 비록 변변치는 못하지만 이 고을 양반인데 이런 망측한 일이 있는 벌어진 것은 가문의 수치가 아닐 수 없습니다. 만일 이 일이 누설되면 우리 집이 누명을 쓸 뿐만 아니라 배씨 가문이 세상에서 머리를 들 수 없을 것이고, 우리 아들 삼 형제는 분명 벼슬도 못하고 늙을 테니 이런 원통하고 분한 일이 세상에 또 어디 있겠습니까?"

허씨는 점점 얼굴이 울그락불그락 해지면서 목소리를 높였다.

배 좌수는 본래 성품은 인자했지만 분별력이 모자라 남의 말을 잘 들었다. 흉녀 허씨의 요악*한 말을 듣자 너무나 부끄럽고 분하여 허씨를 데리고 방으로 들어가니 장화 자매가 서로 끌어안은 채 울먹거리고 있었다. 허씨가 달려들어 이불을 들쳐 피 묻은 쥐를 꺼내들고 갖은 소리로 비아냥거렸다.

어리석은 배 좌수는 흉녀의 간계를 모르고 놀란 얼굴로 입을 열었다.

"아, 이 일을 앞으로 어찌하면 좋겠소?"

"너무도 중대한 일이니 아무래도 남이 모르게 처리하는 것이 가장 좋을 듯합니다. 그렇지만 속담에 싸고 싸도 사향* 냄새는 난다고 했는데 어찌 누설되지 않겠습니까?"

흉녀의 간교한 말에 좌수는 말려들고 있었다.

"그러면 어찌해야 한단 말인가? 무슨 계교든지 생각나는 대로 말하면 내 그대로 따를 것이오. 아무쪼록 계책을 내어 집안의 수치를 면하게 해주면 정말 다행이겠소."

"계교가 있기는 하지만 만일 말하면 저를 공연히 의심하여 제 자식이 아니니까 그렇게 한다고 할 테니 계교가 있더라도 말을 할 수가 없습니다."

좌수는 점점 초조하여 단호하게 말을 내뱉었다.

"부인이 무슨 말을 하든 내가 어찌할 리가 있겠소. 말하는 대로 부인의 계책을 시행할 것이니 조금도 숨기지 말고 말해 보시오."

"계교가 있기는 있으나 만일 입을 열었다가 시행치 않으면 제 평생의 큰 짐이 될 것입니다. 차마 말하지 못하겠습니다."

배 좌수는 점점 몸이 달아올라 못을 박듯이 말했다.

"장부일언중천금*이라. 아무리 심한 말이라도 듣고, 어떤 일이라도 말하는 대로 따를 것인데 부인은 어째서 그런 말을 하여 내 마음을 괴롭게 하는가?"

허씨는 드디어 숨기고 있던 계책을 흘리면서 또 딴소리를 했다.

"장화를 죽여 자취를 없애는 것이 상책이겠지만 그랬다가는 사정을 모르는 이웃들이 제가 죄도 없는 전실 자식을 모해하여 죽였다고 할 것입니다. 차라리 제가 먼저 죽어 버리는 것이 낫겠습니다."

허씨는 갑자기 밖으로 나가 칼을 들고 자결하는 시늉을 했다. 어리석은 배 좌수는 허씨의 흉계를 눈치 채지 못하고 급히 달려 나가 붙들

---

* 요악(妖惡) | 요사스럽고 악하다.
* 사향(麝香) | 사향노루 수컷의 아랫배 쪽에 있는 향낭을 쪼개 말린 흑갈색의 가루로 약재나 향료로 쓴다.
* 장부일언중천금(丈夫一言重千金) | '남자의 말 한 마디는 천금만큼 무겁다.'는 뜻으로 한 번 한 말을 반드시 실행해야 한다는 말이다.

고 달래며 말했다.

"부인의 참된 마음을 내가 이미 알고 있소. 무슨 말을 하든지 탓하지 않고 그대로 시행한다고 하였거늘 어찌 이러시오?"

"그렇다면 장화를 빨리 처치하여 뒷날의 근심을 없애 주십시오. 애정이 비록 중하지만 본디 남녀를 비교하면 계집자식은 쓸데없는 법인데 이런 계집아이 때문에 후사를 이을 아들자식의 앞길을 막는 것은 옳은 일이라고 할 수 없습니다. 부정한 저 아이를 빨리 처치하여 가문을 깨끗하게 해주세요."

"알겠소. 그 계교대로 시행합시다. 그런데 누가 그 일을 해야 되겠소?"

허씨는 이렇게 저렇게 하면 귀신도 모르게 처리할 수 있으니 아무 염려 말라고 좌수에게 귓속말을 했다. 배 좌수는 좋다고 무릎을 치고는 아들 장쇠를 불러 이리이리하라고 시켰다.

그날 밤 장화 자매는 누명 쓴 일을 생각하니 어머니에 대한 그리움이 더해 자는 듯 마는 듯 몸을 뒤척이다가 겨우 곤히
잠이 들어 계모 허씨의
흉계를 전혀 모르고 있
었다. 문득 장화는 잠에
서 깨어났는데 심신이 피곤하고 우울하여 마음이 안정되지 않았다. 뭔
가 이상한 느낌이 들어 다시 잠을 이루지 못하고 일어나 앉아 있었다.

　그때 마침 부친이 부르는 소리가 들렸다. '깊은 밤에 왜 찾으실까?'
의아한 생각을 품고 사랑방으로 들어갔다. 배 좌수는 정색을 하고 입
을 열었다.

　"네가 어머니를 여읜 뒤 늘 슬픔에 젖어 있는 모양을 보기 어려운
차에 마침 너희 외가에서 너희 어머니를 생각하여 너희라도 좀 보내
면 좋겠다고 전갈이 왔다. 내가 너를 보내겠다고 하였으니 잠시 다녀
오너라."

　장화는 갑작스런 말씀에 무슨 일인지 짐작하기 어려워 힘들게 대
답을 했다.

　"소녀, 어머니 뱃속을 떠난 후로 지게문*을 나서보지 않아서 다른
사람들의 얼굴도 한 번 보지 못하였습니다. 어찌 이처럼 날도 밝지 않
았는데 알지도 못하는 길을 가라고 하십니까?"

　"그러기에 너더러 혼자 가라는 것이 아니다. 네 동생 장쇠와 함께 가
거라."

* 지게문 | 마루나 부엌 쪽에서 방으로 드나드는 외짝 문.

"그렇지만 소녀 어머니를 여읜 뒤 아버지 슬하에 의지하여 하루 한시라도 떠나지 않았습니다. 한시라도 뵙지 못하면 뵙고 싶은 생각에 어찌할 바를 모르는데 지금 슬하를 떠나면 어찌합니까?"

장화의 대답에 배 좌수는 버럭 소리를 질렀다.

"네 어찌 아비 말을 듣지 않고 자꾸 말대답을 하여 아비 마음을 뒤집느냐?"

부친이 소리를 지르자 장화는 목 놓아 통곡을 하면서 말을 이었다.

"아버지께서 죽으라고 하신들 어찌 거역하겠습니까? 안 가려고 하는 것이 아니라 날이 샌 후에 가도 될 것을 이 깊은 밤에 떠나라고 하시기에 어린 생각에 가기가 너무 힘이 들 것 같아 사정을 말씀드리는 것입니다. 아버지의 엄한 말씀에 어쩔 줄을 모르겠습니다."

말을 마치자 눈물이 옷깃을 적셨다.

배 좌수는 비록 어리석은 인물이었지만 혈육의 정이 있었기 때문에 장화의 애절한 모습을 보고는 재촉하기 어려웠다. 그때 곁에 있던 허 씨가 부녀간의 대화를 듣고 있다가 갑자기 발길로 장화를 차며 꾸짖었다.

"아버지의 말씀을 순종하는 것이 도리거늘 무슨 잔말을 그렇게 하여 부모 마음을 아프게 하느냐? 지체 말고 빨리 떠나거라."

장화는 계모의 행동에 슬픔과 원통함이 더욱 치밀어 올랐지만 어쩔 도리가 없었다. 장화는 분부대로 떠나겠다는 말을 뒤로 하고 방으로 들어갔다.

방에 들어가니 홍련이 잠에서 깨어 떨고 있었다. 장화는 눈물로 홍

련의 손을 잡았다.

"아버지의 뜻을 모르겠다. 무슨 까닭으로 이 깊은 밤중에 집을 떠나 외가에 다녀오라고 하시는지 알 수가 없구나. 마지못해 가기는 간다마는 가는 길에 분명 좋은 일보다는 나쁜 일이 생길 것 같구나. 밖에서 재촉이 심해 너에게 말도 제대로 못하겠다. 우리 자매가 어머니도 없이 서로 의지하여 한시라도 서로를 떠나지 않았는데 뜻밖에 이런 일을 당하여 너를 적적한 빈방에 혼자 두고 가게 되니 생각하면 가슴이 터지고 복장이 녹을 지경이다. 동해물로 먹을 갈아도 내 마음을 다 기록할 수 없겠구나. 홍련아, 잘 있어라. 내가 가는 길이 좋지 못할 것 같지만 만일 무사하면 곧 돌아올 것이니 그동안 그리운 생각이 있거든 서로 보게 옷이나 바꿔 입자."

두 자매는 서로 옷을 바꿔 입고 한참을 끌어안고 울었다. 밖에서 재촉하는 소리에 장화는 눈물을 닦고 다시 홍련에게 경계하는 말을 했다.

"너는 부친과 모친을 극진히 섬겨 죄를 얻지 마라. 내가 돌아올 것을 기다리면 가서 오래 있지 않고 수삼 일 내로 돌아올 거야. 하지만 그동안은 그리워서 어떡하겠느냐? 너를 두고 가는 언니의 마음 어찌할 바를 모르겠다. 너는 너무 슬퍼하지 말고 부디 잘 있어라."

장화는 말을 마치고는 다시 통곡을 하며 홍련의 손을 놓지 못했다. 홍련은 경황이 없는 가운데 언니의 갑작스런 이야기를 한바탕 듣고는 간담이 떨어지는 것 같아 말 한 마디 제대로 하지 못했다. 뭔가 불안한 마음에 짓눌려 그저 언니를 붙들고 통곡할 뿐이었다. 두 자매의 모습에 어찌 산천초목인들 슬퍼하지 않겠는가.

　슬프다. 살아 있을 때 자매를 한없이 사랑하던 모친은 어찌하여 이런 때를 당한 친자매의 사정을 굽어 살피지 못하시는가. 유명이 길이 다르고 화복이 정해져 있는 것을 어찌하랴.

장화, 산중 연못에 뛰어들다

그때 허씨가 밖에서 두 자매의 거동을 엿듣고 있다가 와락 달려 들어와 시랑* 같은 소리를 질렀다.

"요망한 계집애들아, 어찌 이리 요란을 떠느냐?"

허씨는 장화 자매를 꾸짖으며 아들 장쇠를 불러 재촉했다.

"너는 빨리 누이를 데리고 외가에 다녀오라고 하지 않았느냐? 여태까지 여기 있으니 무슨 일이냐? 빨리 떠나거라."

허씨의 꾸중에 저 짐승 같은 장쇠는 염라대왕의 분부를 받은 듯이 소리를 벽력같이 질러대며 어깨춤을 으쓱으쓱 추며 장화를 재촉했다.

"누이는 바삐 나오시오. 부친의 말씀을 거역하여 공연히 나까지 꾸중 듣게 하려고 그러시오. 내가 꾸중을 들으면 얼마나 원통하겠소."

장쇠의 득달에 장화는 어쩔 수 없이 홍련의 손을 놓고 나오려고 하였다. 그러나 홍련은 언니의 치마를 부여잡고 울먹였다.

"우리 자매는 잠시도 떨어진 적이 없었는데 오늘 갑자기 나를 버리고 어디로 간다는 거예요? 언니 나도 따라갈래요."

장화는 홍련의 가련한 모습을 보고는 땅에 쓰러져 기절해 버렸다.

* 시랑(豺狼) | 승냥이와 이리.

삼십

만일 인정이 조금이라도 있는 사람이라면 두 자매의 형상에 감동하지 않을 수 있겠는가. 그러나 간악한 모자와 못난 배 좌수는 두 자매를 조금도 측은해하거나 불쌍히 여기는 마음이 없었다. 도리어 장화에게 흉하게 때를 쓴다고 나무라니 이처럼 슬픈 일이 또 있겠는가.

이윽고 장화가 긴 한숨을 내쉬며 정신을 차리자 곁에 있던 홍련이 또 정신을 잃고 기절했다. 급히 몸을 주물러 홍련을 깨운 장화는 어쩔 수 없이 다시 홍련을 달랬다.

"내가 잠깐 다녀올 테니 울지 말고 잘 있어라."

장화는 울음 반 말 반, 말을 이었다. 두 자매의 애절한 모습은 그냥 지켜보기에도 힘들 정도였다. 홍련은 여전히 언니의 치맛자락을 잡고 놓지 않고 있었다. 흉녀 허씨가 그 모양을 보다 못해 달려들어 홍련의 팔을 뿌리치며 꾸짖었다.

"네 언니가 지금 외가에 다니러 가지 죽으러 가느냐? 어찌 이리 요란을 떠느냐?"

허씨의 기세에 눌려 홍련은 어쩔 수 없이 뒤로 물러섰다. 허씨가 가만히 장쇠에게 눈짓을 보내자 장쇠가 알아듣고 다시 또 재촉을 했다. 장화는 이제 어찌할 도리가 없다고 생각하고 '홍련아 잘 있어라, 잘 있어라.'는 말을 연발하며 부친께 하직 인사를 하고 문밖으로 나섰다. 벌써 말이 기다리고 서 있었다.

장쇠의 억지 재촉에 말에 오르자 장쇠는 채찍질로 말을 몰았다. 말은 점점 깊은 산속으로 들어갔다. 드디어 한 곳에 다다르니 산은 첩첩이 싸여 있고 계곡에는 푸른 물이 흐르고 있었다. 풀이 무성하고 소나

무가 우거져 인적이라고 전혀 없었다. 다만 희푸른 달빛만 희미하게 비치고, 멀리서는 두견새 울음소리만 무정하게 들릴 뿐이었다. 아무 근심이 없는 사람이라도 이런 곳을 만나면 근심을 이기지 못할 텐데 설움에 젖어 있는 장화의 심정이야 오죽하였으랴.

장화의 이런 심사를 아랑곳하지 않고 장쇠는 급히 말을 몰아 큰 연못이 있는 곳에 이르렀다. 못이 얼마나 큰지 끝이 보이지 않았고 깊기는 또 얼마나 깊은지 물결이 소용돌이치고 있었다. 보기만 해도 무서울 정도였다. 그런데 장쇠는 못가에서 말을 멈추고 장화에게 내리라고 했다. 장화는 깜짝 놀랐다.

"집을 떠난 지 얼마 되지 않아 말도 피곤하지 않을 텐데 인적도 없는 이런 곳에 왜 내리라고 하느냐? 외가는 아직 한참 남지 않았느냐? 이 깊은 밤에 이런 무서운 곳에 왜 내리느냐?"

"내리면 저절로 알 것이니 여러 말 하지 말고 누이는 바삐 내리시오."

장쇠가 눈을 치켜뜨고 퉁명스레 대답을 하자 장화는 하릴없이 말에서 내렸다. 장쇠는 장화가 말에서 내리길 기다렸다는 듯이 무서운 말을 내뱉었다.

"이 못이 누이가 억만 년을 지낼 곳인데 뭐가 무섭겠소."

장화는 깜짝 놀라 낯빛이 파래졌다.

"왜 나를 이 물에 죽게 하려고 하느냐? 죽더라도 죽는 곡절이나 알아야 하지 않겠느냐? 자세히 말해 보거라."

"누이가 누이의 죄를 알 텐데 뭘 물으오? 누이에게 외가에 가라고 한

것은 참말이 아니오. 누이의 잘못된 행실이 많았지만 어머니가 어진 마음으로 모른 체하고 지냈는데 나날이 행실이 나빠져 드디어 낙태까지 했으니 일이 어쩔 수 없이 됐소. 가문의 해를 감추려면 남들이 모르게 누이를 없앨 수밖에 없으니 나에게 누이를 이 연못에 넣고 오라고 하셨소. 피를 나눈 동기간에 못할 짓이지만 부모의 명령을 거역할 수 없어 여기까지 왔으니 빨리 물속으로 들어가오."

장쇠의 말을 들은 장화는 마른하늘의 날벼락이 머리 위에 떨어진 듯했다. 정신이 나갈 듯한 가운데 장화는 하늘을 향해 목 놓아 소리를 질렀다.

"하늘이여, 이 무슨 일입니까? 왜 이 장화를 세상에 내시고, 또한 세상에 없는 누명을 쓰고 이 깊은 물에 빠져 죽게 하십니까? 하늘이여, 굽어 살피소서. 이 장화는 세상에 나온 후로 대문 밖을 나서지 않았거늘 오늘 이런 애매한 누명을 쓰게 하시고, 이제는 누명을 씻을 겨를도 없이 원혼이 되게 하십니까? 전생에 지은 죄가 커서 이런 지경에 이르렀습니까, 이생에서 악인을 만나 이 지경에 이르렀습니까? 우리 어머니는 어찌하여 이 세상을 버리시고 이 불쌍한 장화를 세상에 남겨 두어 간악한 사람의 모해를 입어 등잔불의 나방같이 속절없이 죽게 하십니까? 이 몸이 죽는 것은 조금도 아깝고 원통하지 않지만 이 더럽고 추한 누명을 쓰고 죽는 것이 너무 안타깝습니다. 또 어린 동생 홍련은 어찌해야 합니까?"

장화는 대성통곡을 하다가 그 자리에서 기절하고 말았다. 목석같은 사람이라도 이런 장화의 형상에 마음이 움직일 텐데 장쇠는 조금도 측

은한 생각이 없는 것 같았다. 장쇠는 성난 얼굴로 쓰러진 사람에게 재촉을 해댔다.

"이미 죽음을 면키 어려운 처지에 발악을 한들 무엇 하며 슬퍼한들 무엇 하며 통곡한들 무슨 소용이오. 빨리 물속으로 들어가오. 적막한 산중에 밤이 너무 깊었으니 나도 빨리 돌아가야 하오."

장화는 겨우 정신을 수습하여 울며 장쇠를 달랬다.

"아무리 부모의 명령이라고 하지만 내 말 좀 들어 보아라. 우리가 비록 배는 다르지만 천륜*이 아주 가까운 동기가 아니냐? 전에 우리가 우애하던 정을 생각하면 설혹 부모의 명령이 지엄하더라도 나를 물에 넣었다 하고 부모가 마음을 돌이키도록 설득하는 것이 동기간의 정일 텐데, 그리고 네가 그렇게 한다 하더라도 내가 살기 어려울 텐데, 지금 황천*으로 돌아가는 사람에게 어찌 이렇게 강박하게* 구느냐? 내 소원은 죽지 않으려는 것이 아니라 잠깐 동안 시간을 주면 외삼촌 집에 가서 돌아가신 어머니의 사당에 하직 인사나 올린 후 외로운 홍련이 나 같은 누명을 쓰지 않도록 부탁이나 하려는 것이다. 결코 내 목숨을 보전하려고 하는 게 아니다. 내가 죽지 않으면 계모가 계속 시기할 것이고 내가 살면 부친의 명을 거역하게 되는 것이니 내가 어쩌겠느냐? 그러니 나에게 잠깐 말미를 주어 내 죽은 혼이 원한을 맺지 않게 해다오."

장화의 처절한 간청을 사람이라면 들어주지 않을 리 없겠지만 목석 같은 장쇠는 조금도 가엽게 여기는 빛이 없었다. 듣지 않을 뿐만 아니라 도리어 화를 내며 물로 떠밀려고 했다. 장화는 장쇠의 그런 행동에 더욱 비참해져 또다시 하늘을 우러러 통곡했다.

삼십육

"밝은 하늘이여 굽어 살피소서. 이 장화의 팔자 기박하여 여섯 살에 어머니를 여의고 자매 서로 의지하여 살았나이다. 서산에 지는 해와 동산에 돋는 달을 보면 마음에 슬퍼지고, 후원에 피는 꽃과 앞뜰에 돋는 풀을 보면 눈물이 비 오듯 하여 끝없는 설움으로 근근이 지내 왔나이다. 삼년상이 지난 후 계모가 들어왔으나 그 성품이 모질어서 박대가 나날이 심해졌나이다. 서러운 마음 서글픈 생각을 이기지 못해 어쩔 줄 몰랐으나 다만 낮이면 아버지를 바라보고 밤이면 어머니를 생각하며 우리 자매 서로 의지하며 긴긴 여름 낮과 긴긴 가을밤을 근심과 탄식으로 보냈나이다. 그러나 흉악한 계교의 손아귀를 벗어나지 못해 오늘 이 물에 빠져 죽게 되었사오니 이 장화의 억울한 사정을 천지일월성신*은 바로잡아 주소서. 홍련의 가련한 인생을 어여삐 여기사 저 같은 일을 당하지 않게 하옵소서."

장화는 눈물을 훔치며 장쇠를 돌아보았다.

"나는 이제 이 몹쓸 누명을 쓰고 죽겠지만 저 외로운 홍련을 불쌍히 여겨 부모님께 죄를 짓지 않도록 잘 인도해 다오. 그리고 오래오래 사시도록 부모님을 잘 모셔라."

말을 마친 장화는 왼손으로는 치마를

---

* 천륜(天倫) | 아버지와 아들 또는 형제 사이에 마땅히 지켜야 할 도리.
* 황천(黃泉) | 저승.
* 강박(強薄)하게 | 강포하고 야박하게
* 천지일월성신(天地日月星辰) | 하늘·땅·해·달·별을 뜻하는 말로 민속신앙의 대상이다.

걷어들고 오른손으로는 장옷을 벗어들었다. 그리고 신을 가지런히 벗은 후 비 오듯 눈물을 쏟으며 오던 길을 돌아보았다.

"예쁜 홍련아, 불쌍한 홍련아, 빈방에 홀로 앉아 밤에는 누구를 의지하며 잠은 또 어찌 이룰 것이냐? 너를 두고 죽는 내 간장이 다 녹는구나."

말을 마치자마자 장화는 푸른 물속으로 나는 듯이 뛰어들었다. 참으로 가련한 일이었다. 이제 누가 장화의 원통한 사정을 알고 누명을 씻어 주겠는가. 그러나 하늘이 무심하지 않을 것이니 분명 주고받는 이치가 있을 것이다.

홍련, 언니의 죽음을 알게 되다

장화가 물에 뛰어들자 홀연히 물결이 일어나 하늘에 닿으며 찬바람이 휘익 일었다. 그 순간 난데없이 큰 호랑이가 장쇠를 향해 달려드는데 허공에서 외치는 소리가 들렸다.

"네 어미가 무도불측*하여 애매한 자식을 모해하여 이렇듯 참혹하게 죽이니 어찌 하늘이 무심하리오. 너를 죽여 없애는 것이 좋겠지만 아주 죽여 모르는 것보다 병신을 만들어 평생 고통을 받게 하는 것이 나을 것이다. 이놈 장쇠야 한 번 견뎌 보아라."

호랑이가 달려들어 장쇠의 두 귀와 한 쪽 팔, 한 쪽 다리를 베어 먹고는 간곳 없이 사라

졌다. 장쇠는 그 자리에서 기절하여 땅에 거꾸러졌다. 그 경황 중에 장화가 타고 왔던 말이 놀라 도망치다가 집으로 돌아갔다.

장쇠를 보내고 밤이 깊도록 잠을 자지 않고 기다리던 흉녀 허씨는 장쇠가 돌아오지 않아 이상하게 생각하고 있었다. 그때 문득 말이 소리를 지르며 달려 들어왔다. 허씨는 자신의 계교가 성공한 줄 알고 반갑게 내다보니 말은 온 몸에 땀을 흘리며 달려왔지만 사람은 아무도 보이지 않았다. 허씨는 깜짝 놀라 종들을 불러 모았다. 종들은 불을 밝히고 말이 달려온 자취를 좇아 장쇠를 찾아 나섰다.

장쇠는 연못가에 거꾸러져 있었다. 놀라 달려가 자세히 보니 오른쪽 팔다리와 두 귀가 없었다. 장쇠는 온 몸이 피범벅이 되어 죽은 사람처럼 늘어져 있었다. 종들이 모두 놀라 어쩔 줄 모르고 있는 사이 갑자기 어디선가 이상한 향내가 진동하면서 차가운 바람이 일어났다. 모두 이상하게 생각하여 향내 나는 곳으로 고개를 돌렸다. 아무것도 보이지 않는데 향내는 못 가운데서 흘러나오고 있었다.

종들이 장쇠를 업고 집으로 돌아오자 허씨는 놀라 자빠졌다. 허씨는 정신을 수습하여 온갖 방법으로 장쇠를 치료했다. 그 덕분인지 다음 날 비로소 장쇠는 깨어났다. 허씨는 크게 기뻐하며 곡절을 물었다. 장쇠는 있었던 일을 낱낱이 고했지만 장화가 못에 빠진 뒤 일어난 일은 알지 못했다. 허씨는 뭔가 찜찜한 느낌을 지울 수 없었지만 알 도리가 없었다. 그런 일이 있고 난 뒤 허씨는 마음속에 화가 더욱 일어나 밤낮

* 무도불측(無道不測) | 행실이 헤아릴 수 없을 정도로 나쁨.

으로 홍련마저 없앨 궁리를 했다.

　그때 배 좌수는 집안의 어수선한 광경을 보고는 속으로 장화가 이미 죽었구나 하고 생각했다. 그제야 깨달은 바 있어 후회했지만 이미 일을 돌이키기는 어려웠다. 배 좌수는 슬픈 마음을 둘 곳이 없어 더욱 홍련에게 애정을 듬뿍 베풀었다.

　홍련도 언니의 소식이 궁금하던 차에 온 집안이 숙덕거리는 소리를 듣고는 이상해서 계모 방에 들어가 물었다.

　"외가에 간 언니에게 무슨 일이 있어요?"

　허씨는 울그락불그락 낯빛이 변하며 말을 내뱉었다.

　"장쇠가 요상스런 네 언니를 데리고 가다가 길에서 호랑이에게 물려 중상을 입었다."

　허씨가 장쇠 이야기만 하자 홍련이 다시 언니의 안부를 물었다.

　"장쇠가 다쳤다는데 너는 무슨 잔말이 많으냐?"

　허씨는 눈을 흘기며 떨치고 일어나 밖으로 나가 버렸다. 그런 계모의 모습에 홍련은 가슴이 터지는 듯했다. 홍련은 몸이 떨려 방으로 돌아와 통곡하다가 피곤한 나머지 잠이 들었다. 그런데 꿈인지 생시인지 모르는 중에 장화가 큰 황룡을 타고 물속에서 나와 북쪽으로 향하는 모습이 보였다. 홍련은 너무나 반가워 뛰어가 인사를 하려고 했지만 장화는 본 척도 하지 않았다.

---

* 삼신산(三神山) | 신선이 산다는 중국의 봉래산·방장산·영주산. 우리나라에서는 금강산·지리산·한라산을 이름.

"언니, 나를 모르세요? 어째서 본 체도 하지 않고 가세요?"

홍련이 울며 소리치자 장화는 그때야 눈물을 뿌리며 슬픈 얼굴을 돌렸다.

"지금 나는 너와 길이 다르단다. 나는 지금 옥황상제의 명령을 받아 삼신산*으로 약을 캐러 가는 길이라 너무 바빠 너와 정회를 나눌 틈이 없단다. 나를 너무 무정한 사람으로 생각하지 마라. 내가 곧 너를 데려 갈 테니 우리 자매가 함께 즐길 날도 멀지 않단다."

장화가 말을 맺을 즈음에 갑자기 장화가 탄 황룡이 소리를 질렀다. 그 소리에 홍련이 놀라 정신을 차리고 보니 꿈이었다. 홍련은 온 몸에 땀이 흐르고 기운이 서늘하여 정신이 아득해졌다. 꿈을 이상히 여긴 홍련은 바로 부친께 들어가 꿈 이야기를 했다.

"소녀의 마음이 무엇을 잃어버린 듯 슬픔을 견디기 어렵던 차에 이런 꿈을 꾸게 되었습니다. 언니가 필경 다른 사람의 해를 입은 것이 분명해요."

홍련이 눈물을 흘리며 말을 잇자 배 좌수 또한 가슴이 막혀 할 말을 하지 못하고 그저 눈물만 지을 뿐이었다. 그때 허씨가 곁에 앉아 있다가 낯빛을 바꾸며 입을 열었다.

"어린 계집애가 무슨 잔말이 그렇게 많아 어른의 마음을 슬프게 하고 기분을 울적하게 만드느냐?"

소리를 지르며 홍련의 등을 떠밀었다. 홍련은 어쩔 수 없이 울며 부친의 방을 나왔다. 돌아와 눈물을 씻고 조금 전의 일을 곰곰이 생각해 보니 아무래도 무언가 이상했다. '내가 꿈 이야기를 하였는데 어째서 아버지는 슬퍼만 하시고 아무 말도 못하셨지? 또 계모는 왜 안색을 바꾸면서 나를 그토록 구박했을까? 홍련은 아무래도 무슨 숨은 사정이 있다고 생각했다. 그러나 홍련으로서는 실상을 알기 어려웠다.

하루는 허씨가 외출한 틈을 타서 장쇠를 불렀다. 홍련은 언니가 죽은 사실을 부친께 들어서 이미 알고 있는 것처럼 물어보았다. 장쇠는 홍련이 다 알고 있다고 생각하고 장화를 죽인 전후사정을 자세히 말해 주었다.

그제야 홍련은 언니가 억울하게 죽은 것을 알고 통곡하다가 그만 기절해 버렸다. 홍련은 한참 만에 정신을 차려 다시 언니를 불렀다. 또 하늘을 불렀다.

"어여쁜 우리 언니, 야속한 계모로다. 가엾은 우리 언니, 몹쓸 계모로다. 불쌍한 우리 언니 어찌하여 외로운 나를 적막한 빈방에 버려두고 물에 빠져 슬픈 혼백이 되었는가. 사람마다 제 명에 죽어도 오히려 부족하게 여겨 서러워하거늘 하물며 남의 음해를 입고 죽은 죽음이겠는가. 참혹하구나 우리 언니, 이팔청춘 좋은 시절에 망측한 누명을 씻어 버리지 못하고 천만년의 원혼이 되었단 말인가. 천지고금*에 이런 원통한 일이 또 어디 있을까? 하늘이여 굽어 살피소서. 소녀 세 살에 모친을 여의고 언니에게 의지하여 세월을 보내 왔는데 이제 언니가 이렇게 죽어 없어졌으니 외로운 이 몸은 어디를 의지하여 사오리까? 전생에 무슨 중한 죄를 지었기에 차생*에도 운명이 사나워 이 지경이 되

* 천지고금(天地古今) | 하늘과 땅, 과거와 현재의 뜻으로 시공간적으로 전체를 말함.
* 차생(此生) | 전생에 상대되는 말로 현재의 생애를 말함. 이승.

었단 말입니까? 차라리 언니처럼 더러운 욕을 당하기 전에 이 몸이 먼저 죽어 남을 원망치 말기로 맹세하오니 어제 저의 사정을 불쌍히 여기사 소원을 이루어 주소서. 외로운 혼백이라도 언니와 한가지로 지내고자 하나이다."

　말을 마치니 옥 같은 눈물이 얼굴에 가득하고 정신은 오락가락했다.

홍련, 언니를 따라 연못에 뛰어들다

홍련은 언니를 따라 죽기로 맹세하고 언니가
죽은 곳으로 찾아가려고
했다. 그러나 집밖을 나가 본 일이 없는 처녀가 산속 깊은 곳에 있는
연못을 알 길이 없었다. 홍련은 먹지도 마시지도 않고 밤낮으로 슬픔
에 젖어 있었다.

　어느 날 파랑새 한 마리가 날아와 나무 위로 오락가락 하는 것이 보
였다. '언니가 죽은 곳을 몰라 근심 속에서 지냈는데 저 파랑새가 비
록 미물이지만 저렇게 왔다 갔다 하는 것을 보니 혹시 나를 데려가려
는 것이 아닐까?' 홍련의 마음속에 이런 생각이 떠올랐다. 그러나 파
랑새는 말이 없고 홍련은 슬픈 마음을 진정치 못했다.

　그런데 문득 파랑새가 눈앞에서 사라졌다. 홍련은 의아해서 자기도
모르게 한숨을 내쉬며 중얼거렸다.

　"파랑새는 미물일 뿐이야. 어찌 내 처지를 알겠는가? 혹시나 하고
믿은 내가 어리석은 것이지."

　그래도 홍련은 다음 날 파랑새가 다시 와 언니의 소식이라도 전해
줄까 해서 기다렸다. 하지만 그 이튿날도 오지 않았고 또 그 이튿날도
오지 않았다. 홍련은 낙심했지만 어쩔 수가 없었다. 홍련은 속으로

'내가 언니 죽은 곳을 찾아가면 될 것 아닌가. 다만 아버지께 미리 고하면 분명 뜻을 이루지 못할 테니 편지를 남기고 떠나야겠구나.' 하고 마음먹었다. 홍련은 붓을 들어 유서 한 장을 쓰기 시작했다.

불초* 소녀 홍련은 아버님께 두어 자 글을 올립니다. 소녀 일찍이 어머니를 여의고 언니와 서로 의지하여 지냈는데 별안간 언니가 죄도 없이 더러운 누명을 쓰고 마침내 죽음의 지경에 이르렀으니 어찌 슬프고 원통하지 않겠습니까? 지난날 우리 자매는 잠시라도 아버님 슬하를 떠나 본 일이 없이 십년을 하루같이 지냈습니다. 그런데 이제 들어 보니 터럭만 한 허물도 없는 언니가 모해를 입어 죽었다 하오니 이런 일이 있을 줄 꿈엔들 생각했겠습니까? 이제 앞으로 언니는 아버님의 얼굴을 뵙지 못하고 목소리도 들을 길이 없으니 어찌 원통하지 않겠습니까? 불초 소녀 홍련도 그냥 앉아 있다가는 머지않아 언니와 같이 어떤 사람의 독한 해를 피하지 못할 것 같습니다. 차라리 먼저 언니의 자취를 따라 저승에 가서 우리 자매 서로 의지하면 언니와 같은 누명은 쓰지 않을 것 같아 집을 떠나면서 이 슬픈 글을 써 올립니다. 눈물이 앞을 가리고 가슴이 막혀 대강만 사연을 적어 하직을 아뢰오니 엎드려 바라건대 아버님께서는 이 불초 소녀를 조금도 생각지 마시고 만수무강하소서.

글을 마치자 밤은 이미 깊어 오경*이 되었다. 달빛이 환하고 맑은 바

* 불초(不肖) | 아버지의 이름을 더럽힐 만큼 어리석고 못난 자식. 혹은 웃어른에게 자신을 낮추는 말.
* 오경(五更) | 새벽 3시에서 5시 사이.

람이 불어오는데 어디선가 홀연히 파랑새가 날아와 앵두나무에 앉아 홍련을 보고는 반가워하는 듯이 지저귀었다. '네가 비록 짐승이지만 우리 언니가 있는 곳을 가르쳐 주려고 왔느냐?' 홍련이 혼자 중얼거리자 파랑새는 알아들은 듯도 하고 그렇다는 듯도 했다.

"정말이니? 네가 나를 인도하러 왔거든 먼저 앞서 날아 보거라. 그럼 내가 따라갈게."

파랑새는 말을 알아듣는 것처럼 고개를 연달아 조아렸다. 홍련은 이미 써 놓은 유서를 상 위에 가지런히 올려놓고는 방문을 열고 밖으로 나섰다. 홍련은 애써 울음을 감추며 '가련한 내 팔자야, 이제 가면 언제 다시 이 문을 보겠는가.' 길게 탄식을 했다.

홍련은 앞서 가는 파랑새를 따라 집을 나섰다. 얼마 가지 않았는데 벌써 동쪽 하늘이 밝아왔다. 산길로 점점 접어들자 산은 첩첩한데 황금 같은 꾀꼬리는 버들가지에서 노래를 부르고 두견새는 불여귀* 불여귀 슬피 울며 사람의 마음을 울울하게 만들었다.

마침내 연못가에 다다른 파랑새는 주저하면서 더는 앞으로 가지 않았다. 홍련이 좌우를 살펴보니 물 위에 오색구름이 자욱한 가운데 문득 슬픈 울음소리가 울려 나오며 홍련을 불렀다.

"홍련아, 너는 무슨 죄를 지었기에 천금같은 목숨을 이 험악한 산속에서 버리려고 하느냐? 사람은 한 번 죽으면 다시 살아나지 못하는 것이다. 홍련아, 다시는 이런 생각을 하지 말고 돌아가 효성을 다해 부모를 모시고, 좋은 짝을 만나 자식도 많이 낳고, 돌아가신 모친의 혼령을 위로하여라."

언니의 목소리였다. 홍련은 급히 소리를 질러 언니를 불렀다.

"언니는 무슨 일로 나를 두고 이런 곳에 와 있어요? 나도 언니가 떠난 뒤 혼자서는 견딜 수가 없어요. 그래서 언니를 따라가려고 여기까지 왔어요."

홍련의 울부짖는 소리에 공중에서도 울음소리가 그치지 않았다. 홍련은 더욱 슬픔이 몰려와 정신을 차리지 못하다가 겨우 마음을 진정시키고 하늘을 향해 축원하며 입을 열었다.

"우리 언니의 누명을 벗겨 깨끗한 사람이 되게 하여 주시기를 천만 바라옵니다. 또한 이 홍련의 원통한 사정을 들어주셔서 언니를 따라가 함께 지내게 하여 주옵소서."

홍련은 애원하며 무수히 하늘을 향해 절을 올렸다. 홍련의 가련한 형상은 붓으로 기록하기 어려울 정도였다.

이때는 바로 팔월대보름 무렵이었다. 닭은 밝고 바람은 맑은데 첩첩산중 깊은 산속에 온갖 짐승이 울부짖어 사람의 마음을 더욱 슬프게 했다. 그때 홍련을 부르는 소리가 공중에서 들렸다.

"홍련아, 네 소원이 정말 그렇다면 이 물로 뛰어 들어오너라."

홍련은 그 말을 듣자 혼이 빠져 치마를 뒤집어쓰고 나는 듯이 물속으로 뛰어들었다.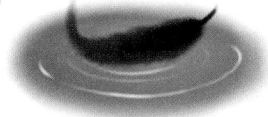

홍련의 참혹하고 가련한 모습은 차마 눈

---

* 불여귀(不如歸) | 촉나라 황제였던 망제가 한때의 실수로 황제의 자리를 별령에게 물려주고 서산에 들어가 두견새가 되었다는 신화에서 유래한 말로 촉나라 사람들이 두견새의 울음소리를 '촉나라로 돌아가고 싶다.'는 망제의 울음소리로 들었다고 해서 붙여진 말. 두견새의 별칭.

뜨고는 볼 수 없을 지경이었다. 홍련이 연못에 뛰어든 후 갑자기 천지가 우는 듯이 우렁우렁 울리고 물에는 안개가 자욱한 가운데 슬픈 울음소리가 그치지 않았다. 그리고 계모의 모해로 억울하게 죽은 사연이 연못 속에서 저절로 울려나왔다. 그 후부터 그곳을 지나가는 사람들은 모두 그 소리를 듣게 되어 장화 홍련의 억울함과 배 좌수 부부의 악한 행적이 저절로 알려지게 되었다.

철산 부사를 찾아온 원귀 장화 홍련

장화와 홍련은 죽었지만 두 자매의 억울한 혼백은 하늘에 사무쳐 흩어지지 않고 있었다. 자매의 혼백은 늘 원통한 일을 하소연하려고 철산 고을에 나타났다. 그러나 두 자매가 지극히 원통한 사정을 호소하러 철산 부사 앞에 나타나기만 하면 부사가 먼저 기절하여 죽어 버렸다. 이런 일이 계속되자 더는 내려가려고 하는 부사가 없어 철산은 자연히 폐읍*이 되었고 해마다 흉년이 들자 백성은 사방으로 흩어져 고을은 거의 비게 되었다. 평안감사가 이 소식을 듣고 조정에 장계*를 올리자 임금은 큰 근심에 빠졌다. 조정에서는 날마다 이 일을 논의하면서 한편으로는 철산에 부사로 내려갈 사람을 찾았다.

이때 선전관* 벼슬을 하고 있던 정동호라는 사람이 있었다. 그의 사람됨이 강직하고 아는 것이 많다는 말을 듣고 조정에서 그를 임금께 천거했다. 임금은 정동호를 친히 불러 하교를 내렸다.

"지금 철산 고을은 백성이 떠나 폐읍이 되었다고 하니 염려가 적지

---

* 폐읍(廢邑) | 여러 이유로 고을의 규모가 줄어들 경우 고을의 관청을 없애는 것.
* 장계(狀啓) | 지방에 파견된 벼슬아치가 조정에 올리던 보고서.
* 선전관(宣傳官) | 조선시대에 형의 집행이나 시위(侍衛) 혹은 전령(傳令) 등의 일을 맡아하던 선전관청에 딸린 무관 벼슬.

않다. 그러나 내려가려고 하는 벼슬아치도 없어 내가 그간 밤잠을 못
이뤘노라. 이제 조정에서 경을 천거하는 고로 특별히 철산 부사의 벼
슬을 내리니 빨리 내려가 백성을 편안케 하여 짐이 바라는 바를 저버
리지 마라."

임금의 명을 받은 신임 철산 부사는 감사의 절을 올리고 그날로 임
지로 떠났다. 철산에 도착한 부사는 즉시 고을 이방을 불러 물었다.

"내가 듣자니 이 고을에는 원님이 부임하면 그날로 죽는다고 하던
데 그 말이 참말이냐?"

"정말 오륙 년 전부터 부임하시는 분마다 첫날밤을 주무시면 아주
잠들어 일어나질 못하시니 그 까닭을 알 길이 없습니다."

이방의 대답을 들은 부사는 관속*들을 모두 불러 명을 내렸다.

"너희는 밤에 불을 끄고 조용히 무슨 동정이 있는지 살피도록 해
라."

관속들이 명을 받고 물러가자 부사는 객사에서 등불을 밝히고 주역*
을 낭독하고 있었다.

밤이 깊었는데 문득 찬바람이 일어나며 정신이 아득해지는 것 같은
느낌이 들었다. 잠시 어리둥절한 중에 푸른 저고리에 붉은 치마를 입
은 한 미인이 난데없이 문을 열고 들어와 절을 했다. 부사는 정신을 가
다듬고 호령하듯 물었다.

---

* 관속(官屬) | 옛날 지방 관청에 속한 아전과 하인을 일컫는 말.
* 주역(周易) | 사서삼경 중 삼경의 하나로 우주의 이치를 밝힌 책. 중국 주나라에서 만들어서 주역이라고 하며
  점을 치거나 귀신을 몰아낼 때 사용하기도 한다.

"너는 어떤 여자인데 이 깊은 밤에 내 방에 들어왔느냐?"

미인은 고개를 숙이고 다시 일어나 절을 한 후 입을 열었다.

"소녀는 이 고을 사는 배무용의 딸 배홍련이옵니다. 지극한 원한이 있어 무례한 줄 알지만 함부로 들어왔사옵니다."

"그러면 무슨 일인지 자세히 말해 보거라."

홍련은 엎드려 원통한 사연을 풀어놓았다.

"소녀의 어머니가 배씨 가문에 들어와 소녀의 언니 장화와 소녀를 낳아 손안의 보물처럼 길렀습니다. 그러다가 언니는 여섯 살이 되고, 소녀는 세 살이 되던 해에 어머니가 돌아가시자 아버지께서는 후처 허씨를 얻었습니다. 허씨는 행실이 좋지 않았지만 다행히 아들 삼 형제를 연달아 낳자 아버지께서는 계모에게 미혹되어 계모의 거짓말도 잘 분별하지 못할 정도가 되었습니다. 그런 가운데 계모의 학대가 심했지만 저희 자매는 부모님을 더욱 공경하고 행동을 조심하여 두 분의 뜻에 어그러지지 않도록 맞추어 갔습니다. 소녀 자매 점점 장성하니 얼굴과 재주가 그렇게 못나지는 않아 아버지께서는 저희 둘을 애지중지하시면서 장차 좋은 배필을 구하여 원앙이 물 위에서 노는 것 같은 즐거움을 누리려고 하였습니다. 하지만 계모의 시기로 저희는 스물이 다 되도록 혼인을 정하지 못하였습니다. 이 이유는 다른 데 있었던 것이 아니라 본디 소녀의 어머니가 재산이 많아 논밭이 이천여 석, 돈이 수만 금, 노비가 수십 명이 있사온데 만일 소녀 자매가 출가하면 재물을 많이 가져갈까 하여 그랬던 것입니다. 뒤늦게 아버지께서 언니의 혼처를 정하자 계모는 소녀 자매를 아예 죽여 없애 재산을 자기 자식이 모두 차지하게 하려고 밤낮없이 흉계를 꾸몄습니다. 그러다가 마침내 큰 흉계를 생각해 내어 큰 쥐를 잡아다가 껍질을 벗기고 피를 발라 몰래 저희 자는 이불 속에 넣어 낙태한 것처럼 꾸며 언니에게 누명을 씌우고 아버지를 속였습니다. 그러고는 거짓으로 외삼촌 집에 보내는 체하면서 불시에 말에 태워 그 아들 장쇠를 시켜 데리고 가다가 산속 깊은 연못에 빠져 죽게 하였습니다. 세상에 이런 원통한 일이 있겠습니까? 소녀는 뒤늦게 이 사실을 알고는 너무나 원통했지만 스스로 생각하기에 구차히 살다가는 언니 같은 흉계에 빠져 죽을 수밖에 없다고 여겨 언니가 죽은 곳에 소녀도 몸을 던져 죽었사옵니다. 소녀가 죽은 것은 원통치 않지만 언니의 망측한 누명을 풀 길이 없어 원통한 사정을 아뢰고자 새로 원님께서 오실 때마다 이렇게 들어왔습니다만 모두 놀라 기절하여 다시는 일어나지 못한 까닭에 자세한 사정도 아뢰지 못하였습니다. 오늘은 하늘의 도움으로 명철*하신 원님께서 내려오신다는 말을 듣고 당돌하게 들어와 자세한 연유를 아뢰옵니다. 엎드려 바라옵건대 명철하신 원님께서는 소녀의 사정을 불쌍히 여기사 언니의 누명을 세세히 밝혀 주시어 소녀 자매의 하늘에 사무친 원한을 풀어 주시면 그 은혜를 대대로 갚겠사옵니다. 이 고을도 무사태평해질 것입니다. 다시 한 번 바라옵건대 깊이 헤아려 주옵소서."

말을 마친 미인은 다시 일어나 절을 하고 밖으로 나갔다. 홍련의 하소연을 들은 부사는 마음이 산란하여 잠을 이루지 못하고 '이런 일이

* 명철(明哲) | 총명하여 사리 분별에 밝음.

있어 폐읍이 되었구나.' 하는 생각으로 뜬눈으로 밤을 새웠다.

이튿날 아침 동헌에 자리를 갖추고 좌수와 이방을 불러 물었다.

"이 고을에 배무용이라는 사람이 있느냐?"

"그런 사람이 있사옵니다."

"그렇다면 배무용 집안의 사정을 자세히 아느냐?"

"자세히는 알지 못하오나 지금 좌수가 그 지역에 사니 분명 자세히
알 것이옵니다."

이방의 대답에 곁에 서 있던 좌수가 입을 열었다.

"배무용은 본디 이 고을 향반으로 좌수까지 지냈고 가세도 넉넉합
니다."

"그런 사실을 묻는 것이 아니라 내외가 해로하고 있는지 자손은 많
은지 집안이 화목하고 인심이 순박하여 남에게 칭찬을 듣는 일이 있는
지 그런 것을 묻는 것이니 아는 것이 있으면 말해 보시오."

부사가 고쳐 묻자 좌수가 다시 대답했다.

"배무용은 본래 가난한 처지였는데 그 전처가 재산을 많이 가지고
들어와 이 고을 부자라는 이름을 얻었습니다. 전처는 딸 둘만 낳았고
후처가 들어와 아들 삼 형제를 두었습니다."

"두 딸은 모두 출가하였습니까?"

"모두 죽었다고 합니다."

"어찌 죽었답니까?"

"남의 집안일이라 자세히는 알지 못하나 대강 들은 바로는 큰딸 장
화가 무슨 죄를 지어 못에 빠뜨려 죽이고 둘째딸은 제 언니가 죽자 밤

낮으로 통곡하다가 제 언니가 죽은 물에 빠져 죽었다고 합니다. 그 뒤로 사람들이 물 근처에 가면 맺히고 풀리지 못한 그 자매의 죽은 원혼이 나와 계모의 모해를 입어 누명을 쓰고 죽었다고 울며 애원하는 소리가 그치질 않아 듣는 사람 가운데 눈물을 흘리지 않는 사람이 없다고 합니다."

부사는 좌수의 말을 들은 후 즉시 건장한 나졸을 보내 배 좌수 부부를 잡아들이게 했다. 그때 철산의 관속들은 모두 부사가 부임한 다음 날이면 장례를 치르는 것이 전례가 되어 있었기 때문에 이번에도 부사가 죽었으리라 생각하고 미리 준비를 하고 있었는데 부사가 죽지도 않고 이처럼 공사를 행하자 모두 신기하게 여겼다.

문초를 당하는 계모 허씨와 배 좌수

나졸들이 배 좌수의 집에 들이닥쳐 부사의 명을 알리고 묶으려고 하자 배 좌수는 머리를 숙이고 아무 말도 하지 못했다. 그러나 흉녀 허씨는 낯빛이 울그락불그락 해지며 소리를 질렀다.

"우리가 나라 땅을 차지한 적도 없고 살인강도를 한 적도 없고 나라에 역적죄를 지은 바도 없거늘 어찌하여 나까지 잡아들이라고 하시오. 우리 가장이나 잡아가고 나는 놓아주시오."

"우리 신관 원님께서 귀신같으신데 아무 죄도 없다면 어찌 잡아들이라 하였겠소? 죄가 있고 없고는 우리에게 물을 것이 아니오. 우리는 부사 어른의 명령을 받고 온 것인즉 잔말 말고 가시오."

나졸들은 호랑이 같은 소리로 재촉했다.

나졸들에게 잡혀 배 좌수 부부가 동헌에 이르자 부사가 배 좌수를 향해 물었다.

"네 자식이 몇 명이냐?"

"딸 형제와 아들 삼 형제였는데 딸은 다 죽고 아들만 있나이다."

"딸들은 무슨 까닭으로 죽었느냐?"

"다 병들어 죽었나이다."

배 좌수의 대답에 부사는 화를 내어 호령했다.

"내가 이미 다 알고 있는 일인데 네 어찌 속이려고 드느냐?"

부사가 추궁하자 좌수는 얼굴이 흙빛으로 변하면서 아무 말도 하지 못했다. 요악한 흉녀가 곁에 있다가 부사의 말을 듣고 크게 놀라 좌수를 재촉했다.

"원님께서 다 아시고 묻는데 어찌 터럭만큼이라도 속이겠습니까? 빨리 바른대로 아뢰세요."

그 소리를 듣고 있던 부사가 허씨에게 분부했다.

"네 말이 옳다. 그러면 네가 자세히 이야기해 보거라."

"전실 소생인 딸 형제를 금이야 옥이야 길러 장차 출가시키려고 했사온데 장녀 장화가 부정한 행실을 저질러 잉태까지 하게 되어 그 일이 누설될까 두려워 하인들도 모르게 약을 먹여 낙태시켰나이다. 그런데 사람들은 그런 줄도 모르고 계모의 모해인 걸로 알 것 같아 장화를 불러 '네 죄는 죽어 마땅하나 너를 죽이면 다른 사람들이 나의 모해로 여길 것이기에 죄를 용서해 주는 것이니 이후에는 다시 이런 행실을 하지 말고 마음을 닦거라. 만일 남이 알면 우리 집을 경멸할 것이니 무슨 면목으로 사람들을 대할 것이냐.' 하고 경계하며 꾸짖었나이다. 그 후 저도 죄를 짓고 부모 보기가 부끄러웠든지 밤에 가만히 나가 못에 빠져 죽었사옵고, 그 아우 홍련이는 제 언니가 죽은 후에 어느 날 밤 몰래 도망 나간 지 일 년이나 되었사온데 아직 그 종적을 모를 뿐만 아니라 양반 자식이 부모 몰래 집을 나간 것을 찾을 수도 없는 일이옵니다. 그래서 남들에게 말할 수도 없어 묻어 두었기 때문에 다른 사람들은 잘 알지 못하나이다."

허씨의 말을 다 듣고 난 부사가 다시 물었다.

"그렇다면 장화가 낙태했다는 증거라도 있느냐?"

"사람의 평생 신세에 관계되는 중대한 일인데 아무 증거 없이 제가 장화를 꾸짖고 경계하였겠사옵니까? 그 낙태한 것을 지금까지 잘 보관해 두었습니다."

허씨가 자신 있게 대답하지 부사가 다시 분부했다.

"그러면 그것을 가져와 보거라."

"소인이 늘 생각하기를 갑작스레 무슨 일이 있을지 몰라 그것을 말려 몸에 지니고 다니오니 자세히 살펴보옵소서."

허씨는 품속에서 마른 고깃덩어리 한 조각을 꺼내 올렸다. 살펴보니 그 모습은 이상했지만 거의 사람의 태아에 가까웠다.

"네가 말은 그렇게 했지만 죽은 지 오래되어 분명히 알 수가 없다. 내가 따로 조사를 더해서 사실을 밝혀 처치할 것이니 우선 물러가 있어라. 하나 조금이라도 네 말과 같지 않을 때에는 죽음을 면치 못하리니 공연히 관청에 분란을 일으키지 말고 지금이라도 바른 대로 말하거라."

"명철하신 원님 앞에서 어찌 조금이라도 속이겠나이까? 이후에 만일 소인이 공연히 모해한 일이 조금이라도 드러난다면 곤장을 맞아 죽은들 어찌 원망하겠나이까?"

허씨는 자신 있다는 표정으로 얼굴에 수심이 그득한 배 좌수를 따라 관아를 걸어 나갔다.

그날 밤에 장화 자매가 다시 부사 앞에 나타났다. 나란히 두 번 절을 올린 후 입을 열었다.

"우리는 뜻밖에 명관*을 만나 더러운 누명을 씻을까 하고 바랐사옵니다. 그런데 명관도 흉녀의 간특*한 계교에 속아 제대로 해결을 하지 못할 줄 어찌 알았겠사옵니까?"

자매의 말에는 원망이 잔뜩 배어 있었다.

"내가 해결 못하고 뒤로 미룬 것이 아니라 사실을 자세히 알아보고 염탐한 후에 처치하기로 한 것이다. 그런데 낙태가 아니라는 무슨 명백한 증거가 있겠느냐?"

"예로부터 지금까지 계모의 독한 해를 입은 사람을 어찌 다 기록할 수 있사오리까마는 순임금* 같은 성인도 계모에게 죽을 뻔했고 민자건* 같은 현인도 그 계모가 겨울옷에 갈대꽃을 넣어 주어 얼어 죽을 뻔했다고 하는데 하물며 소녀들같이 가련한 신세야 말해 무엇 하오리까? 소녀들의 애매한 누명은 천지일월성신이 아시는 바이오니 다시 이야기할 바 없겠지만 이제라도 그 증거를 구하려고 하시면 멀리서 찾을 것이 아니라 그 낙태했다는 고깃덩어리를 자세히 조사해 보시면 분명한 사실을 알게 될 것이옵니다."

"그러면 낙태했다는 것을 어떻게 조사하면 좋겠느냐?"

두 자매는 이렇게 저렇게 하면 자연히 알게 될 것이라고 말하고 나서 한 마디 덧붙였다.

"누명이야 원님께서 밝혀 주시리니 무슨 염려가 있사오리까마는 만일 진상이 탄로되면 소녀들의 아비도 함께 연루되어 처벌을 면치 못할 것이니 제발 살려 주시기를 바라나이다. 소녀들의 아비는 터럭만치도

악한 마음이 없는 어진 분인데 간특한 계모의 꾀에 빠져 이 지경에 이르렀으니 특별히 죄를 사하여 주옵소서."

말을 마치더니 장화와 홍련은 나타날 때처럼 절을 하고는 사라졌다.

* 명관(名官) | 뛰어난 관리.
* 간특(奸慝) | 간사하고 악독함.
* 순(舜)임금 | 공자가 덕의 상징으로 칭송했던 중국 신화에 나오는 성왕. 순임금이 어릴 때 계모와의 사이에 태어난 동생을 편애한 아버지 때문에 핍박을 당했다는 이야기가 『맹자』에 전함.
* 민자건 | 공자의 제자로 효성으로 이름난 인물. 계모가 자신이 낳은 두 아들에게는 솜옷을, 자신에게는 갈대 이삭에 붙은 털을 넣은 옷을 입혔지만 불평 없이 계모를 섬겼다고 함.

계모 허씨는 능지처참되고 배 좌수는 용서 받다

부사는 다음 날 일찍 동헌에 자리를 잡고 좌수 부부를 득달같이 다시 잡아들였다. 다른 것은 묻지도 않고 낙태한 것을 다시 가져오라고 하여 자세히 살펴보았다. 꼼꼼히 들여다보니 처음 볼 때와 달리 사람의 태아가 아닌 것이 분명해졌다. 부사는 다시 흉녀에게 물었다.

"이것이 분명 낙태한 것이냐?"

"그러하옵니다."

뻔뻔스러운 대답에 부사는 화가 치밀어 호령했다.

"이 간특한 계집아, 네 어찌 나를 이같이 심하게 속이느냐? 이것이 태가 아니라는 증거가 드러나는 때는 네 목숨이 당장 끊어질 텐데 그래도 이것을 태라고 하느냐?"

부사는 좌우의 관속들에게 명하여 그것을 반으로 갈라 보라고 했다. 나졸들이 달려들어 반으로 가르니 속에 쥐똥이 가득했다.

쥐똥을 본 관속과 철산 사람들은 모두 깜짝 놀라 웅성거렸다. 모두 분노에 차 흉녀의 극악함에 대해 수군댔고 장화 자매의 억울함을 불쌍히 여겨 혀를 차고 눈물을 흘리는 않는 이가 없었다.

부사 또한 크게 노하여 흉녀를 꾸짖으며 말했다.

"이 극악한 년아, 네가 이런 천고에 없는 죄를 짓고도 방자하게 교묘

육십팔

한 말로 관장*까지 속이려 드느냐? 이런 무엄한 년이 천지간에 또 있으랴. 네 이년, 지금도 무슨 할 말이 있느냐? 네 나라 법을 업신여기고 또 하늘을 속여 사람 죽이기를 이토록 쉽게 했으니 당장에 때려죽여야 하겠지만 이 사건이 중대하여 네 목숨을 며칠 더 남겨 둔다. 너는 어서 자초지종 사실을 하나도 빼지 말고 낱낱이 고하라."

허씨 곁에 엎드려 있던 배 좌수가 자식을 애매하게 죽인 일을 뉘우치며 눈물로 아뢰었다. 그는 죄가 자신에게도 돌아오리라는 것을 생각할 겨를이 없었다.

"저의 무지한 죄상에 대한 처분은 관장에 달린 것이지만 비록 황공하오나 자세히 아뢰겠나이다. 저의 전처 장씨는 현숙했으나 불행하게도 일찍 죽고 어린 두 딸과 부녀 서로 의지하여 지내오다가 후사를 생각지 않을 수 없어 후처를 얻었사옵니다. 비록 어질지는 않았지만 연달아 아들 셋을 낳아 너무도 기뻐하였사옵더니 하루는 제가 밖에 나갔다가 들어가니 이 사람이 낯을 붉히며 '당신은 늘 장화를 세상에 없는 딸로 귀하게 여겼지만 나는 행실이 부정하여 외간남자와 사귀는 기미가 있는 장화를 은근히 경계만 하고 기다렸는데 오늘은 수상한 행동을 하여 자세히 살펴보니 낙태까지 했다.'고 하며 들어가 보라고 하여 따라 들어가 이 사람이 이불 들춘 데를 보니 정말로 낙태한 것이 분명했사옵니다. 그러나 제 소견이 미련하여 흉계를 깨닫지 못하고, 전처의 간곡한 유언도 잊어버리고 이 사람의 꾀에 빠져 장화를 죽음으로 내몬 것이 분명하오니 그 죄를 어찌 씻을 수 있겠나이까?"

배 좌수는 말을 맺고 다시 소리 내어 통곡을 했다. 부사는 배 좌수의 울음을 금한 후 흉녀 허씨를 형틀에 매고는 다시 심문을 했다.

"네 이년, 이래도 입을 다물고 있겠느냐? 자세히 실토하라."

허씨는 겁에 질린 목소리로 입을 열었다.

"소첩은 대대 명문거족의 자손이었으나 집안이 점점 기울어 아침에 저녁 걱정을 못할 정도로 겨를이 없던 차에 좌수의 후처가 되었나이다. 후처로 들어가니 전실 딸 형제가 너무도 아름다워 친자식같이 양육하였더니 점점 나이가 들어 스물이 되자 행실이 나빠져 백 말에 한마디도 듣지 않고 원망과 비방만 많아졌나이다. 그래서 때때로 저들을 경계하고 타일러 아무쪼록 사람이 되게 하려고 하였는데 하루는 두 자매가 비밀스레 하는 말을 우연히 엿듣게 되었사오나 그 말이 너무도 흉측하여 속으로 놀라고 분하였으나 가장에게 말하게 되면 제가 모해하는 줄로 알고 듣지 않을까 염려하여 가장을 속이고 장화를 죽일 생각을 하게 되었사옵니다. 쥐를 잡아 껍질을 벗기고 피를 묻혀 장화가 자는 이불 속에 넣고 낙태한 것처럼 꾸미고, 그 후 소첩의 아들 장쇠에게 계교를 가르쳐 장화를 속여 데리고 가다가 물에 빠뜨려 죽이라고 시켰사옵니다. 그 아우 홍련이 어떻게 그 사실을 알게 되었는지 화를 입을까 두려워 야밤에 도주하였나이다. 소첩의 죄는 법대로 처분해도 제 아들 장쇠는 이미 이 일로 말미암아 병신이 되었사오니 죄를 용서하여 주옵소서."

부모와 함께 잡혀 온 장쇠 삼 형제도 옆에 있다가 한목소리로 거듭

---

* 관장(官長) | 지난날 시골 사람들이 고을 원님을 높여 일컫던 말.

애걸을 했다.

"저희는 달리 여쭐 말씀이 없사오나 다만 보모 대신 저희를 죽여 주옵기를 바라나이다."

부사는 조사를 마치고 좌수 부부와 장쇠의 목에 큰칼을 씌워 옥에 가둔 후 즉시 관속을 거느리고 장화 자매가 빠져 죽었다는 연못을 찾아갔다. 관속과 고을 사람들은 동원하여 종일 물을 다 퍼내고 보니 장화와 홍련은 평상에서 잠을 자는 듯이 누워 있었다. 조금도 얼굴이 상하거나 변한 기색이 없어 마치 살아 있는 사람 같았다.

부사는 기이하게 여기면서 관을 갖추어 안장한 후 글을 지어 원혼을 위로해 주고 비석을 세워 두 사람의 사연을 기록에 남겨 주었다. 이 일이 알려지자 철산 고을 사람들뿐 아니라 인근 고을 사람들까지 철산 부사의 명철함을 칭송해 마지않았다.

장화 자매의 장례까지 마친 부사는 자세한 사실을 문서로 꾸며 평안 감영에 보고했다. 보고서를 본 감사가 크게 놀라 자세한 전말을 정리하여 다시 조정에 올리고 처결을 기다렸다. 자초지종을 알게 된 임금은 일을 잘 처리한 철산 부사 정동호를 크게 칭찬하고 하교를 내렸다.

"계모 허씨는 죄가 중대하니 서울로 압송하여 처결하고 배 좌수와 아들 장쇠에 대한 처분은 고을에 맡기라. 철산 부사는 공이 크니 일이 마무리되는 대로 황해 감사를 제수*하라."

임금의 하교를 떨어지자 계모 허씨를 서둘러 서울로 압송한 후 부사

---

* 제수(除授) | 추천 없이 임금이 바로 벼슬을 내림.

는 배 좌수와 그 아들 장쇠를 옥에서 불러내었다.

"너희 두 사람의 처분을 나라에서 내게 맡겼다. 먼저 장쇠 이놈, 비록 네 어미의 뜻을 따른 것이기는 해도 장화를 연못에 밀어 넣은 네 죄는 용서할 수가 없다. 여봐라. 당장 장쇠를 끌어내어 교수형에 처하라."

장쇠는 곧 형장으로 끌려 나가 고을 사람들이 보는 앞에서 목이 매달렸다. 부사는 연이어 배 좌수를 꾸짖었다.

"네 아무리 어리석으나 흉녀의 간계에 속아 사랑하는 자식을 죽였으니 가장으로서 네 죄가 적지 않으나 나라에게 나에게 처결을 맡겼고 너를 살려 달라는 네 죽은 딸들의 간청을 생각하여 특별히 용서하는 것이니 돌아가 근신하고 다시는 이런 잘못을 저지르지 마라."

배 좌수는 죽을 목숨이 살아 황공하고 경황이 없는 중에 거듭 거듭 절을 하고는 물러 나왔다.

한편 계모 허씨가 서울에 이르자 임금이 친국*한 후 허씨를 서소문 밖에서 능지처참*하라는 명을 내렸다. 행형관*은 명대로 허씨를 능지처참한 후 찢어진 사지육신을 팔도에 각각 보내 백성의 경계로 삼게 했다.

사건에 대한 처리가 다 마무리된 어느 날 부사가 몸이 피곤하여 일찍 자리에 누웠는데 문득 장화 홍련 자매가 들어와 절을 했다.

"명철하신 은덕으로 소녀들의 원수를 갚고 해골도 거두어 주시고, 저희 아버지의 죄도 용서하여 주시니 여러 가지 은혜가 태산같이 높고 바다같이 깊습니다. 옛말에 '죽은 뒤라도 풀을 맺어 은혜를 갚는다.*' 고 하였습니다. 오래지 않아 벼슬이 높아질 것이오니 이는 소녀들의 정성인 줄 아옵소서."

　부사가 깜짝 놀라 정신을 차리고 보니 꿈이었다. 부사는 꿈이 기이하여 나중에 맞춰보려고 기록을 남겨두었는데 과연 얼마 지나지 않아 황해 감사를 제수한다는 임금의 교지가 내려왔다. 그 후 정동호는 벼슬이 더 높아졌으니 모두 장화와 홍련의 음덕이었다.

---

* 친국(親鞫) | 왕이 중한 죄인을 직접 심문하는 일.
* 능지처참(陵遲處斬) | 조선시대 대역 죄인을 처형하는 극형의 하나로 죄인의 머리·몸·손·팔다리를 토막 내어 죽이는 형벌을 말함.
* 행형관(行刑官) | 형을 집행하는 관리.
* 죽은~갚는다. | 은혜를 입은 사람이 혼령이 되어 풀포기를 묶어놓아 적이 걸려 넘어지게 하여 은인의 목숨을 구했다는 춘추전국시대 진나라 위과의 이야기에서 유래한 '결초보은(結草報恩)'의 고사를 말함.

장화와 홍련, 다시 태어나다

배 좌수는 나라의 처분으로 흉녀를 죽여 두 딸의 원혼을 위로하기는 하였지만 죽은 두 딸을 생각하여 늘 슬픔에 젖어 있었다. 마치 그 모습이 보이는 듯 목소리가 들리는 듯 아른거려 배 좌수는 거의 미칠 지경이었다. 그런 가운데 배 좌수는 날마다 두 딸이 다시 살아와서 부녀간의 정을 다시 잇기를 하늘에 빌고 또 빌었다.

사정은 이러한데 집에 부인이 없으니 아침저녁으로 밥을 먹는 일도 지극히 힘들었다. 배 좌수는 또다시 아내를 얻지 않을 수가 없었다. 하나 이미 한번 욕을 본 터라 신중에 신중을 기하여 사방으로 좋은 사람을 구하다가 마침 같은 고을의 양반 윤광호의 딸을 얻었는데 나이 열여덟에 용모와 자질이 뛰어나고 덕이 있었다. 좌수는 오랜만에 웃음을 되찾았고 윤씨와의 금슬은 이루 말할 수 없을 정도였다.

하루는 좌수가 사랑방에서 잠을 이루지 못하고 전전반측*하고 있던 중에 갑자기 장화와 홍련이 깨끗한 단장으로 들어와 절을 했다.

"소녀들의 팔자가 기구하여 모친을 일찍 여의고 전생의 업으로 어질지 못한 계모를 만나 마침내 허무한 누명을 쓰고 부친 슬하를 떠나게 되니 그 원통함을 이기지 못하여 한스러운 사연을 옥황상제께 올렸나이다. 옥황상제께서 저희를 측은히 여기시고 '사정이 딱하지만 그

것이 너희들의 팔자인데 누구를 원망할 수 있겠느냐. 그러나 너희 아 비와 인간세상의 인연이 아직 남아 있으므로 너희를 다시 세상에 보내 부녀간의 인연을 이어 쌓인 원망을 풀게 하겠노라.' 하시니 그 뜻을 모르겠나이다."

두 딸이 눈물로 옷깃을 적시며 말을 마치자 좌수가 반가운 마음에 달려들어 붙잡으려고 할 즈음에 닭의 울음소리가 들려왔다. 좌수가 정 신을 차리고 보니 꿈이었다. 무엇에 홀린 것처럼 마음을 진정치 못하 고 방 안을 배회하다가 안방에 들어가니 부인 윤씨 또한 무슨 꽃송이 를 쥐고 홀린 듯이 앉아 있었다. 좌수가 까닭을 묻자 부인 역시 꿈 이 야기를 털어놓았다.

"간밤에 자리에 누웠더니 어떤 선녀가 구름 속 에서 내려와 연꽃 두 송이를 주며 가로되 '이것 은 장화와 홍련인데 인간세상에서 애매하게 죽었 으므로 옥황상제께서 불쌍히 여기사 부인에게 점지하는 것이니 귀하 게 길러 영화를 많이 누리소서.' 하고는 온데간데없이 사라졌사옵니 다. 깜짝 놀라 잠에서 깨고 보니 이 꽃이 여전히 손에 들려 있고 방 안 에는 향취가 가득하니 참으로 이상한 일이옵니다. 혹시 장화 홍련이 란 사람이 누구인지 아시옵니까?'

좌수가 부인의 말을 듣고 놀라 꽃을 다시 보니 꽃 두 송이가 마치 반 갑게 인사를 하는 듯했다. 좌수는 두 딸을 다시 만난 듯 눈물이 흐르는

---

* 전전반측(輾轉反側) | 잠을 이루지 못하고 이리저리 뒤척거리는 모양.

것도 깨닫지 못하며 윤씨에게 전후사연을 낱낱이 이야기해 주고는 덧붙여 말했다.

"이는 두 아이가 반드시 그대에게서 다시 태어날 징조요."

좌수는 반가운 마음에 부인을 껴안고 웃음을 터뜨렸다. 좌수는 꽃을 꽃병에 꽂아 장 속에 넣어 두고 때때로 꺼내 보았다. 그 사이 슬프던 마음도 점점 사그라졌다.

그 후 마침 태기가 있어 부인의 배가 불러오더니 달이 찰수록 남들보다 곱절이나 배가 불렀다. 마침내 해산을 하고 보니 과연 쌍둥이 딸이었다. 좌수가 아이들을 보니 용모가 옥을 아로새긴 듯 꽃을 모아 놓은 듯 세상에 비교할 것이 없을 정도였다. 좌수 부부가 이전에 꾸었던 꿈을 생각하여 기이하게 여기면서 장 속의 꽃을 찾아보니 꽃이 온데간데없었다. 더욱 기이하게 여기며 부부는 속으로 '선녀가 건네주었던 연꽃이 변하여 두 아이가 되었구나.' 하고 기뻐하였다.

"이는 분명 장화와 홍련이 원혼이 된 것을 하늘이 가련히 여겨 다시 세상에 내려 보내 부녀의 인연을 다시 잇게 한 것이 아니겠소."

배 좌수는 큰소리로 부인에게 말을 건네며 이름을 다시 장화와 홍련으로 짓겠다고 했다.

좌수 부부가 장화 홍련을 손안의 보물처럼 고이 기르니 서너 살이 되자 이미 두 아이의 용모가 비상하고 머리가 총명하기가 이를 데 없었다. 십오륙 세가 되자 재주와 덕성을 겸비하여 군자의 배필이 되기에 조금도 부끄러움이 없을 정도였다. 쌍둥이에 대한 좌수 부부의 사랑도 비할 데가 없었다.

그러나 나이가 찬 쌍둥이의 배필을 구하려고 매파를 놓아 널리 구혼을 했지만 마음에 맞는 곳이 나서지 않았다. 배 좌수는 깊이 근심하다가 철산은 변방이라 땅이 좁아 장화와 홍련에게 맞는 짝을 구하기가 어렵다는 데 생각이 이르렀다. '평양은 큰 도회이니 분명 인재가 많을 것이야. 거기서는 좋은 배필을 구하기 어렵지 않을 것이야.' 궁리 끝에 배 좌수는 평양으로 이사를 했다.

쌍둥이 장화 홍련, 쌍둥이 윤필 형제와 결혼하다

그때 평양 양반 중 이연호란 사람이 있었다. 그는 재산이 넉넉하고 덕망이 높았지만 슬하에 혈육이 없어 밤낮으로 근심에 쌓여 있다가 하늘의 도우심으로 늦게서야 아들 쌍둥이를 얻었다. 이름을 윤필, 윤석이라고 하였는데 용모는 비범하고 총명하기 이를 데 없었다.

윤필, 윤석이 나이 스물에 문장이 탁월하니 원근에서 사위를 구하는 사람들이 구름같이 매파를 보내곤 했다. 그러나 그 부모의 마음에 합당한 사람이 없어 근심 중에 있었다. 그러다가 마침 새로 이사 온 배좌수의 쌍둥이 딸이 재덕을 훌륭히 겸비하였다는 말을 듣고는 매파를 놓아 구혼을 하였다. 두 집이 서로 합의하여 즉시 혼약을 하고 구월 보름을 길일로 잡아 혼례를 치르기로 하였다.

이때 나라에 경사로운 일이 있어 과거가 열렸다. 윤필 형제도 과거에 나가 당당히 장원급제로 뽑혔다. 임금이 친히 불러 보시고 두 인재를 가상히 여기사 즉시 한림학사*를 제수했다. 한림 형제는 임금의 은혜에 감사를 올리고 물러 나와 말미를 얻어 평양 집으로 돌아왔다. 돌

---

* 한림학사(翰林學士) | 조선시대 임금의 명령과 가르침을 기록하는 일을 담당하는 예문관의 검열(檢閱)을 달리 일컫던 말.

아오는 길에 보고 만나는 사람마다 칭찬하지 않는 사람이 없었다. 집에 이르러 큰 잔치를 열고 일가친척과 오랜 친구들을 청하여 즐겼다. 본관 사또와 가까운 읍의 수령들이 각각 풍악과 잔치 기구를 보내고 평안감사 등이 모두 잔치에 참례하여 신래*를 치하하였다.

이러구러 혼례일이 다가오자 또 큰 잔치가 벌어졌다. 신랑 형제가 예복을 떨쳐입고 갖은 풍악을 울리며 신부 집에 이르러 초례를 치른 후 신부를 맞아 돌아오자 보러 나온 사람들은 한결같이 쌍둥이 형제가 함께 장원급제하고 함께 쌍둥이 신부를 맞이한 것은 만고에 없던 일이라고 부러워했다.

두 신부가 시집에 이르러 폐백을 받들어 시부모에게 인사를 드리니 한 쌍의 명주요 두 알의 보옥이라 시부모가 기쁨은 헤아릴 길이 없었다. 그 후 두 신부가 효도로 시부모를 봉양하면서 부부간에 화목하고 형제간에 우애를 북돋우니 온 집안에 봄바람의 다사로운 기운이 늘 감돌았다.

그 후 장화는 이남일녀를 낳으니 장남 홍석은 문관으로 재상이 되고 둘째 아들 정석은 무관으로 대장에 이르렀다. 홍련은 아들 둘을 낳으니 장남 의석은 무관으로 훈련대장을 지내고 둘째 인석은 학식이 높아 한림이 되었다. 한 집안의 형제들이 모두 이렇게 조정에 출사하여 이름을 떨치니 이들 종형제의 명성을 칭송하지 않는 사람이 없었다.

한편 배 좌수는 또 후처 윤씨에게서 아들 삼 형제를 얻었는데 이들

* 신래(新來) | 과거에 새로 급제한 사람.

도 모두 조정에 출사하여 명성이 드높았다. 배 좌수의 나이 구십이 되자 나라에서 세 중신의 아버지로 특별히 대접하여 품계를 높여 작위가 2품에 이른 후 남은 생애를 마쳤다. 윤씨 또한 뒤따라 세상을 떠났고 얼마 있지 않아 한림 형제의 부모 또한 죽었다. 장화 자매와 윤석 형제가 모두 효성을 다하여 부모를 모셨고 제사 또한 끊이질 않으니 효자 효녀라는 칭송의 소리가 나라 안에 자자하였다.

그 후 장화 자매는 일흔셋에 똑같이 세상을 떠났고, 한림 형제는 일흔다섯에 죽어 모두 선산에 안장되었다. 그 자녀들과 후손들도 모두 많은 자식을 낳고 복을 누리며 온 집안이 자자손손 번창하였다.

『장화홍련전』을 재미있게 읽는 다섯 가지 방법

『장화홍련전』은 어떻게 창작되었는가

『장화홍련전』은 '콩쥐팥쥐' 이야기와 더불어 우리에게 가장 잘 알려진 계모 이야기입니다. 나쁜 계모 이야기라는 점에서 두 이야기는 혼돈을 일으키기도 하지만 구전 설화로 전해진 '콩쥐팥쥐'와 달리 『장화홍련전』은 한문이나 한글, 혹은 국한문혼용으로 쓰인 소설책으로 전해집니다. 그렇다면 『장화홍련전』은 누가 언제 쓴 소설일까요?

우리나라 고전소설은 대부분 작가를 알 수 없습니다. 소설을 폄하하는 조선시대의 분위기 때문에 소설을 지은 사람이 이름을 밝히길 꺼려했기 때문입니다. 이런 현상은 특히 한글소설에서 심하게 나타납니다. 그래서 『장화홍련전』 역시 작가를 알 수 없습니다만 쓰인 시기마저 알 수 없는 것은 아닙니다.

지금까지 알려진 『장화홍련전』의 이본異本은 40종이 넘습니다. 그 가운데 연대를 알 수 있는 가장 이른 판본은 박인수가 한문으로 1818년에 쓴 것입니다. 그러나 박인수는 원작자가 아닙니다. 그는 한글소설을 보고 한문으로 옮긴 것이기 때문입니다. 그렇다면 박인수가 보았던 한글 『장화홍련전』은 적어도 그 이전에 창작되었겠지요.

그런데 17세기에 실존했던 전동흘이란 인물에 관한 기록을 보면 그가 철산 부사로 있으면서 계모의 학대로 죽은 장화 자매 사건을 해결한 이야기가 나옵니다. 그러나 이 기록에는 원귀가 된 장화와 홍련이 부사 앞에 나타나 자신들의 무죄를 하소연하는 식의 이야기는 없습니다. 이렇게 본다면 『장화홍련전』은 실제 사건을 바탕으로 꾸며진 소설이 아닌가 생각해 볼 수 있습니다. 꾸미는 과정에서 분명 당시 민간에 전승되던 원귀 이야기나 악한 계모 이야기가 섞여 들어갔을 것입니다.

전동흘이 죽은 때가 1705년이고 박인수가 한글소설을 한문으로 옮긴 것이 1818년이니 『장화홍련전』은 그사이에 창작된 한글소설일 것입니다. 그래서 대부분의 학자는 『장화홍련전』을 18세기 초·중반에 설화와 실제 사건이 만나 창작된 우리 고전소설의 대표적 작품으로 인정하고 있습니다.

왜 계모는 악한 여자가 되었는가

『장화홍련전』에서 우리의 흥미를 자극하는 인물은 사실 장화, 홍련이 아니라 계모 허씨입니다. 계모는 『장화홍련전』을 인기 소설로 만든 숨은 공로자입니다. 계모 허씨가 독자들의 호기심을 불러일으킨 이유는 지나칠 정도로 '악독한 여자'이기 때문입니다. 그렇다면 왜 계모는 이렇게 나쁜 여자로 그려진 것일까요? 허씨는 태어날 때부터 악한 여자

였을까요?

『장화홍련전』을 꼼꼼히 읽어 보면 배 좌수 가정의 비극은 나쁜 계모가 들어왔기 때문에 일어난 것이 아닙니다. 대충 줄거리만 따라 읽는다면 그렇게 생각할 수도 있습니다. 그리고 바로 그것이 소설 『장화홍련전』이 노리고 있는 것이기도 합니다. 하지만 두 번 세 번 읽어 보고, 여러 판본을 비교해서 읽어 보면 비극의 진짜 원인은 다른 곳에 있다는 것을 깨닫게 됩니다.

사실 계모 허씨는 처음부터 그렇게 생김새가 사납고 마음이 악독했던 것은 아닙니다. 그랬다면 딸들을 사랑하는 아버지가 허씨를 후처로 삼았겠습니까? 장화와 홍련이 어렸을 때 계모로 들어온 허씨가 두 딸을 괴롭히고 모함하는 것은 10여 년이 지난 뒤입니다. 왜 그랬을까요? 거기에는 장화의 결혼이라는 문제가 도사리고 있습니다. 딸이 결혼하는 게 무슨 문제일까요? 단지 전처의 딸이 좋은 남자와 결혼하는 게 배가 아팠던 것이 아니라 결혼으로 인해 집안의 재산이 줄어든다는 데 문제가 있었습니다. 당시의 재산상속제도로 보아 전처가 남긴 재산은 딸들의 소유였기 때문이지요. 전처의 딸들이 결혼해서 집안 재산을 다 가지고 가 버리면 자신이 낳은 아들 장쇠에게 돌아갈 재산이 없어져 버리므로 모해하기로 작심한 것이지요. 계모 허씨가 장화를 모함한 것은 분명 잘못이지만 거기에는 우리가 알고 있는 것과는 다른 이유가 있을 수도 있다는 것을 생각해 볼 필요가 있습니다.

그렇지만 『장화홍련전』은 그런 이유를 겉으로 드러내 놓지 않습니다. 오히려 처음부터 못생기고 마음씨가 고약한 허씨에게 모든 문제가 있었던 것처럼 이야기를 해나갑니다. 이렇게 되면 배 좌수 가정의 모든 문제는 악녀 허씨가 뒤집어쓰는 것입니다. 허씨에게 잘못이 없었던 것은 아니지만 모든 잘못이 허씨에게 있었던 것은 아니지요. 상속제도와 같은 사회의 문제가 있고, 사태를 정확하게 파악하지 못하고 후처에게 속은 어리석은 가장 배 좌수의 잘못도 적지 않은데 모든 책임은 허씨에게 전가됩니다. 말하자면 '희생양'이 되는 것이지요. 우리가 소설의 결말부에서 극형을 받는 허씨를 보고 박수를 친다면 허씨가 조금은 억울해하지 않을까요?

왜 장화와 홍련은 부사 앞에만 나타나는가

『장화홍련전』을 재미있게 읽는 또 하나의 방법은 억울하게 죽어 원귀가 된 홍련과 장화가 왜 부사 앞에만 나타나는지 생각해 보는 것입니다. 우리가 상식적으로 알고 있는 귀신은 힘을 지닌 존재입니다. 그래서 복수도 하고 까닭 모르게 사람들에게 해를 끼치기도 합니다. 원귀가 된 장화와 홍련도 계모와 장쇠에게 직접 나타나 복수를 할 수 있었을 것입니다. 그런데도 장화, 홍련은 부사 앞에만 나타납니다. 원귀를 보고도 죽지 않는 부사가 나타날 때까지 나타납니다. 왜 그랬을까요?

두 가지를 생각해 볼 수 있습니다. 직접 복수를 할 수도 있었겠지만 그렇게 하면 언니 장화는 처녀가 낙태했다는 누명을 벗을 길이 없었을 것입니다. 공식적으로 누명을 벗으려면 국가 기관에 호소를 하는 방법밖에 없었겠지요. 그러나 그보다 더 중요한 이유가 있습니다. 그것은 장화와 홍련이 교육을 제대로 받은 조선 후기 시골 양반집 딸이었다는 사실입니다. 요조숙녀窈窕淑女라는 말은 이들을 두고 하는 말일 것입니다. 요조숙녀란 예의범절이 반듯한, 그야말로 당대의 규범에 한 치도 어긋남이 없는 여자를 두고 하는 말이지요. 이런 요조숙녀들이 직접 복수를 한다는 것은 상상할 수도 없겠지요. 장화와 홍련은 귀신이 되었어도 예의범절을 벗어날 수는 없었던 것입니다. 그렇게 배웠으니까요. 끝까지 부사에게 나타나 자신들의 원한을 풀어 달라고 호소했던 까닭이 여기에 있습니다.

왜 아버지는 용서를 받았을까

『장화홍련전』은 권선징악적 소설의 전형을 보여 줍니다. 악인은 반드시 벌을 받고 선인은 꼭 복을 받아야 한다는 사람들의 기대 심리가 소설의 형식에 반영된 것입니다. 그래서 계모와 장쇠는 참혹한 벌을 받고 장화, 홍련은 되살아납니다. 그렇다면 아버지 배 좌수는 어떻게 될까요? 배 좌수도 후처의 모함에 넘어가 죄 없는 장화를 죽이라고 했으니 분명 책임이 있습니다. 후처를 잘 다스리지 못하고, 사리를 분별하지 못한 잘못이 있습니다. 그런데도 아버지는 죄가 없다고 풀려납니다. 왜 그랬을까요?

답을 찾기가 쉬운 것은 아니지만 홍련의 호소에 실마리가 있습니다. 담대한 부사 정동호 앞에 나타난 홍련은 언니의 무죄를 호소하면서 한편으로는 아버지에게는 아무 잘못도 없으니 용서해 달라고 간청을 합니다. 모든 죄는 계모에게 있다는 것이지요. 홍련의 호소에서 우리는 아버지에 대한 두 딸의 지극한 사랑을 읽을 수도 있습니다. 그러나 그런 것만은 아닙니다. 왜 작가는 홍련에게 이런 호소를 하게 만들고, 그 결과 임금에게서 배 좌수는 죄가 없으니 풀어 주라는 명령을 하게 만들었을까요?

그것은 아버지 중심의 가족제도 때문입니다. 우리는 이를 가부장제라고 하지요. 가부장제도 하에서 집안의 중심인 아버지를 처벌하면 가족은 해체되고, 가족제도는 흔들리게 됩니다. 그렇게 되면 가족제도만

흔들리는 것이 아니라 그런 가족제도 위에 세워진 조선이라는 나라도 흔들리게 됩니다. '임금은 온 백성의 아버지'라는 말에 그런 관계가 잘 압축되어 있지 않습니까? 그래서 『장화홍련전』은 제도의 피해자인 장화, 홍련을 내세워 가부장의 무죄와 계모의 유죄를 탄원하게 한 것입니다. 그래야만 악독한 계모로 인해 잠시 흔들렸던 가정이 다시 굳건해질 수 있을 테니까요. 나라도 마찬가지고요. 그래서 아버지는 임금에게서 무죄선고를 받을 수밖에 없었던 것입니다.

왜 장화와 홍련은 다시 살아났을까

『장화홍련전』의 대단원에 이르면 산속 연못에 빠졌던 장화와 홍련이 되살아납니다. 배 좌수가 다시 얻은 윤씨 부인의 쌍둥이 딸로 환생하는 것도 되살아나는 한 형식입니다. 그런데 『장화홍련전』의 모든 이본에 이런 '재생담'이 있는 것은 아닙니다. 원한을 풀고 마는 판본도 있습니다. 그러나 후대의 판본에 이를수록 재생담은 빠지지 않고 등장합니다. 왜 알려지지 않은 작가들(이본의 필사자들)은 장화와 홍련을 되살렸을까요?

이건 별로 어려운 물음이 아닙니다. 요즘도 텔레비전 드라마의 주인공이 비극에 빠지게 되면 시청자들의 전화와 전자우편이 빗발친다고 합니다. 주인공을 되살려라! 행복한 결말(happy ending)에 이르게 해 달라! 이런 주문이지요. 옛 소설의 독자들도 마찬가지였습니다. 그들도 현숙하고 아리따운 장화와 홍련이 비극적으로 죽은 것을 그냥 두고 볼 수는 없었습니다. 착한 사람은 반드시 복을 받아야 한다는 독자들의 마음이 죽은 장화, 홍련을 되살린 것입니다. 현실에게서 있을 수 없는 일이지만 독자들의 간절한 마음이 이런 환상(fantasy)을 창조한 것이지요. 소설이 하는 일 가운데 하나가 이런 환상의 창조 아닌가요? 우리나라 고전소설에는 이런 환상이 아주 풍부합니다. 『장화홍련전』 역시 거기서 벗어나는 소설은 아니었던 것입니다.

이 책은 여러 판본 가운데 제일 이야기가 풍부한 구활자본 『장화홍련전』(1915년 경성서적업조합 발행)을 바탕으로 읽기 쉽게 풀어 썼습니다. 하지만 구활자본 소설에는 앞뒤 조리가 맞지 않은 부분도 있었기 때문에 가람본 등 몇몇 이본을 통해 내용을 약간 보충했습니다.